PERDIDOS E ACHADOS

UM MISTÉRIO JANIE JUKE LIVRO: 2

Isabella Muir

Outset Publishing Ltd

Publicado no Reino Unido por Outset Publishing Ltd

Primeira edição em português publicada em setembro de 2023

Segunda edição em inglês publicada em junho de 2018

Primeira edição em inglês publicada em dezembro de 2017

www.isabellamuir.com

ÍNDICE

•••

OUTONO DE 1969, NUMA tranquila cidade à beira-mar em Sussex. Janie Juke acabou de desvendar o mistério de "O Saco de Viagem" e guarda os seus próprios segredos...

Numa noite de verão de 1969, numa tranquila cidade à beira-mar em Sussex, Janie Juke ouviu algo que lhe iria virar a vida de pernas para o ar...

CAPÍTULO I

- Qual é a tua definição de segredo?

Estava na cozinha na casa do meu pai, sentada à mesa de fórmica, o local de muitas das nossas conversas importantes ao longo dos anos.

- Deixa-me pensar... - disse ele. - Bem, suponho que seja informação que não é para partilhar?...

- E de uma mentira?

- Essencialmente é a mesma coisa. Uma mentira pode ser as palavras que são ditas em vez de um segredo ou as palavras que não são ditas. Uma mentira pode ser o silêncio.

Há um mês conseguira encontrar uma amiga que estava desaparecida e há uma semana pediram-me para procurar outra pessoa, mas desta vez uma pessoa desconhecida.

- Que conversa é esta sobre segredos e mentiras? Há alguma coisa que não queiras contar ao Greg?

O meu pai não conseguia ver a minha cara, mas conseguia sempre ler os meus pensamentos.

- Sim, fiz uma espécie de promessa.

- Quando casaste com ele? - disse o meu pai a sorrir.

A minha hesitação em responder não lhe passou despercebida.

- Desculpa, não devia estar a brincar contigo desta maneira - continuou ele. - Queres dizer, há umas semanas, quando concordaste em assentar e preparar a chegada do bebé. Aconteceu alguma coisa que te fez mudar de ideias?

- Pediram-me para procurar o paradeiro de uma mulher.

- E estás a ponderar se dizes ou não ao Greg?

- Sim, ele preocupa-se demasiado. Sei que é porque me quer bem, mas mesmo assim...

- Ah!... - disse o meu pai e sorriu. Pequenas rugas surgiram à volta dos seus olhos, que não tinha notado antes. - O teu marido ainda está a gostar do novo trabalho?

- Adora. Está a aprender o ofício de construção civil e eu estou a aprender o vocabulário. Posso dizer-te quais a últimas novidades sobre a importância das cavidades não obstruídas e detetar rapidamente eflorescências. É fascinante. O Sr. Mowbray diz que o Greg vai estar a construir paredes antes do Natal. A aprendizagem mais rápida de que há registo.

- E quanto à tua aprendizagem?

- Precisamente. Tenho um pressentimento de que posso ser boa nesta coisa da investigação.

Alguns podiam dizer que investigar é um passatempo estranho para uma bibliotecária, mas talvez passatempo seja uma palavra errada. A verdade é que, ao que parece, sou excelente em meter o nariz nos assuntos das outras pessoas. Em parte, pode-se apontar o dedo à Agatha Christie. Desde pequena que os livros dela enchem as minhas prateleiras e agora até tenho acesso privilegiado na biblioteca. Tenho aprendido imenso com o Poirot.

- Não precisa de ser uma competição, princesa. Ambos têm a oportunidade de aprender um novo ofício. Embora ser uma bibliotecária competente seja importante por si mesmo.

- Eu sei, tens razão.

- Talvez o Greg precise de mais tempo para se habituar à ideia?

- Não tenho mais tempo. O Feijão vai nascer daqui a poucos meses. Este caso precisa de ser bem e verdadeiramente desvendado muito antes disso. Se se conseguir sequer desvendá-lo.

Nos primeiros dois meses de gravidez descobrira que o meu pequeno embrião se parecia com um feijão. Disse isso ao Greg e o nome ficou. Que os céus protejam a criança depois de nascer se nos esquecermos que o nome é provisório ou se não encontrarmos um novo.

- Podes dizer-me alguma coisa sobre este novo caso? - perguntou o meu pai.

- Um dos meus clientes da biblioteca pediu-me ajuda.

Nos dias em que não ajudo o meu pai, giro a biblioteca itinerante local. Tenho um percurso definido e muitos clientes habituais. O Sr. Furness era novo na biblioteca e na sua terceira visita para investigar as prateleiras de não ficção veio falar comigo sobre uma investigação um pouco diferente.

- Ele quer a tua ajuda para encontrar uma mulher? É tudo o que sabes? O que mais te disse ele sobre ela?

- Muito pouco. Parece haver um mistério relacionado com uma senha de um depósito de bagagens.

- Intrigante.

- Hum, talvez.

- O que é que a senha tem a ver com a mulher desaparecida? O homem deu-te a senha? Pediu-te para fazeres alguma coisa com ela?

- De certa forma, sim. Sabes da caixa de perdidos e achados que tenho na carrinha?

Desde que sou responsável pela biblioteca itinerante que tenho colecionado alguns itens perdidos fascinantes. Muitas vezes, os clientes ficam tão imersos na sua procura por livros que, nos dias chuvosos, vão-se embora com as cabeças cheias de novas histórias e as mãos vazias de guarda-chuvas ou bengalas. Era de prever que, uma vez na rua, com a chuva a cair a potes, eles voltassem rapidamente para trás para ir buscar as suas proteções contra o inverno. Porém, a minha coleção de seis guarda-chuvas e três bengalas prova o contrário. Mantenho os pequenos tesouros perdidos numa caixa de cartão debaixo do balcão da carrinha. A caixa contém uma variedade de óculos, luvas, um lenço de seda, uma caixa de rapé e, o meu item preferido, uma meia cor de rosa pelo tornozelo, de adulto, ainda por cima. De vez em quando imagino se o dono da meia, um dia, ao estender a roupa na corda, se lembre de repente de quando foi à biblioteca itinerante e deixou uma peúga para trás. No entanto, é apenas um pensamento fantasioso, pois a meia continua na minha caixa há quase um ano.

Entretanto, o meu pai aguardava pacientemente que eu continuasse.

- Conta-me tudo desde o início, se quiseres. Pode ajudar-te a clarificar os pensamentos - disse ele.

- OK, mas vou primeiro preparar uma nova bebida, pode ser?

Com as bebidas preparadas e o prato das bolachas cheio de novo, contei ao meu pai tudo o que sabia sobre o Hugh Furness.

Na sua primeira visita à biblioteca, supus que fosse a primeira vez que o Sr. Furness estivesse em Tamarisk Bay. Pelo menos eu nunca o tinha visto antes. Ao entrar na carrinha, ele tivera de se baixar ligeiramente e o elegante chapéu Trilby, que estava empoleirado na sua cabeça, quase que batera no caixilho. Uma vez lá dentro, endireitara-se no seu metro e oitenta e qualquer coisa e tirara o chapéu. Parecia um ator. Mantivera a gabardine bem fechada à volta do seu corpo musculado, com o cinto bem apertado na cintura, como um pacote cuidadosamente embrulhado. O lenço de pescoço de seda vermelho-escuro, cuja cor se refletia no queixo, dava-lhe um brilho ruborizado. Quando era mais novo talvez pudesse ter sido um ator como o Robert Mitchum ou o Gregory Peck.

Estava há pouco tempo na carrinha quando o silêncio tranquilo foi quebrado pelo som estridente de um ataque de tosse. Quando começara a tossir, parecia que o Sr. Furness não ia conseguir parar. Ele ficara aflito, eu ficara aflita e o resultado foi que, assim que ele conseguiu retomar o fôlego, colocou o Trilby de novo na cabeça e foi-se embora, provavelmente embaraçado com a cena que tinha causado. Uns minutos mais tarde reparei que tinha deixado cair um senha de um depósito de bagagens.

Devolver a senha do depósito de bagagens ao seu legítimo proprietário parecia ser a coisa mais fácil do mundo. No entanto, quando o Sr. Furness regressara uns dias mais tarde, contara-lhe da senha e dera-a de volta, mas ele negara todo o conhecimento sobre o pedacito de papel.

Toda a gente conhece o conceito de "à terceira é de vez", embora a sua veracidade não esteja comprovada. De qualquer forma, independentemente de superstição ou folclore, foi durante a sua terceira visita que a relação entre a senha do depósito de bagagens e o meu enigmático cliente ficou estabelecida.

O meu pai ouvia-me atentamente.

- O que é que ele te disse? Ele explicou-te porque te tinha dito que a senha não era dele?

- Nem por isso. Apenas disse *"menti"*.

- O que nos traz ao início da conversa, sobre segredos e mentiras.

- Exactamente.

- Não gosto da ideia de que esse Sr. Furness tenha começado por te mentir. Não é um bom augúrio.

- Hum, bem visto. Bem, disse-lhe para voltar na próxima segunda-feira. Espero que consiga obrigá-lo a dizer-me mais coisas.

- Não te esqueças de ler entre as linhas. É aí que encontras as pistas.

- Agora pareces o Poirot - comentei, abraçando-o.

Na segunda-feira de manhã, quando estava a estacionar a carrinha na Milburn Avenue no sítio do costume, lá estava o Sr. Furness à espera.

- Bom dia, Sr.ª Juke - disse ao entrar na carrinha, tirando o chapéu.

O cabelo era totalmente branco. Já o tinha notado antes, mas agora tudo nele tinha um significado diferente. Poderia ser o meu primeiro cliente oficial. Era velho o suficiente para ter cabelo grisalho, mas totalmente branco?... Fiz um nota mental para escrever a observação no meu caderno.

- Viva! Pontual e simpático, estou a ver - comentei.

Ele sorriu. Foi a primeira vez que o vi sorrir e surpreendeu-me o quanto mudava o seu semblante.

- Obrigado por concordar em ajudar-me. Por onde começamos? – perguntou, com energia e urgência na voz. Este não era o tipo de homens com quem nos devêssemos meter.

- Um passo de cada vez, Sr. Furness. Ainda não concordei com nada.

O sorriso desapareceu e ficou uma expressão que podia ser de irritação. De qualquer das formas, sabia tão pouco sobre o homem que as minhas tentativas para ler a sua linguagem corporal eram tão difíceis como um esquimó a tentar perceber sinais de fumo.

- Há muitas coisas que preciso de perguntar e outras que me queira dizer, não é verdade? – comentei, sem conseguir perceber se ele concordava ou se pensava que eu já tinha ultrapassado uma qualquer linha imaginária. - Vamos marcar uma reunião, sim? Num sítio tranquilo.

Ele levantou uma sobrancelha.

- Eu sei que as bibliotecas são tranquilas, mas este é o meu local de trabalho. Teríamos de parar de falar sempre que alguém entrasse.

Nem de propósito, a porta abriu-se naquele momento. A Sr.ª Latimer, uma das minhas clientes habituais, vinha devolver dois livros. Aproximou-se do balcão, aparentemente sem reparar que estava a interromper. Queria conversar sobre o filho que estava a recuperar de uma má constipação.

- Claro que a asma do Bobby está pior do que nunca - dizia. - Vai ter de deixar de ir à escola outra vez e estou preocupada que nunca vá conseguir recuperar o atraso. Por isso é que vim buscar mais dois livros. Fazemos umas lições em casa, embora ele não goste muito. Diz que prefere ver televisão. Veja só. Quando eu era mais nova apenas havia o rádio, que só se ligava para ouvir as notícias.

Sorri e anuí, tentando não a encorajar demasiado. Enquanto a ouvia falar, o Sr. Furness foi até às prateleiras ver os livros. Quando, algum tempo depois, a Sr.ª Latimer transferiu a sua atenção para a secção de livros para crianças, ele regressou ao balcão.

- Tem toda a razão - disse.

- Sim, vamos escolher um sítio para nos encontrarmos. Conhece bem a cidade?

- Não muito bem.

- Há um jardim na área de Maze Road. Posso mostrar-lhe onde fica no mapa, se quiser.

Peguei num mapa de Tamarisk Bay e desdobrei-o em cima do balcão.

- É aqui - apontei. - Há aí num pequeno café. Bem, na verdade é mais um quiosque. Porém, se o tempo estiver mau, podemos sentar-nos lá dentro. Se estiver bom, podemos caminhar pelo jardim a conversar. Parece-lhe bem?

Desenrolava-se uma conversa imaginária na minha mente, com o Greg a olhar para mim em horror enquanto lhe dizia que ia andar pelo Tensing Gardens com um homem que mal conhecia. Felizmente o Greg não teria de se preocupar porque não lhe ia dizer nada, pelo menos por enquanto.

- O jardim Tensing Gardens parece-me bem - disse o Sr. Furness, trazendo de volta a minha atenção para o presente.

- Amanhã à tarde? Às quatro?

- Com certeza, obrigado - disse enquanto esticava a mão para apertar a minha.

Senti que estava a firmar um contrato formal com um homem sobre o qual não sabia nada para fazer um trabalho sobre o qual não tinha muita experiência. O Greg chamar-me-ia de impetuosa e o meu pai provavelmente usaria a palavra impulsiva. Quanto a mim, achava que era um pouco doida.

- É apenas uma conversa preliminar, percebe? Não sei se irei conseguir ajudá-lo.

- Não tenho nada a perder - respondeu, olhando-me nos olhos. Tinha uma voz firme, porém, um pouco hesitante.

- Amanhã, então - disse eu.

Ele anuiu, pegou no chapéu que estava em cima do balcão e foi-se embora.

Entretanto, a minha outra cliente voltou ao balcão com os livros.

- Aquele senhor não conseguiu encontrar o que estava à procura? - perguntou.

- Não tenho a certeza - respondi.

CAPÍTULO 2

Nos dois dias úteis em que não estou a gerir a biblioteca itinerante dou uma ajuda ao meu pai, que é um fisioterapeuta dotado. Também é cego. Já me disse que perder um sentido o ajudara a acentuar os outros. Depois do acidente, os fisioterapeutas ajudaram-no tanto nos seus esforços para recuperar a sua independência que, quando chegou a altura de procurar uma nova carreira, a fisioterapia foi a escolha óbvia. Sem dúvida que os seus pacientes confirmaram que tinha feito a escolha certa, pois tinha uma grande lista de espera de clientes interessados na sua perícia, que não passava apenas pelos males físicos. Ele é também um ouvinte atento, que nunca julga e que muitas vezes tem palavras de sabedoria para oferecer. Os pacientes vão-se embora, não apenas com um ombro ou umas costas mais soltas, mas também com um coração mais alegre.

Às terças e quintas tenho papelada para pôr em dia, lides domésticas para conferir e o frigorífico e os armários da cozinha para verificar. Se não lhe chamasse a atenção, a comida saudável nunca seria uma das prioridades na sua lista. O Charlie, que é o pastor alemão do meu pai, também beneficia deste meu cuidado. Onde quer que esteja o meu pai, o Charlie lá está também, sempre leal, trabalhador e inteligente. Bem, suponho que isso se aplique aos dois.

- Não faz mal se hoje sair um pouco mais cedo? - perguntei. - Há bastantes toalhas limpas, prontas para as tuas marcações de amanhã, e fiz um guisado, que está no frigorífico. Não podes continuar a viver de saladas e sandes agora que o verão terminou.

Nunca mais faláramos sobre o meu possível novo caso e eu não tinha dito nada sobre o encontro marcado com o Sr. Furness, mas isso não queria dizer que o meu pai não tivesse as suas suspeitas.

- Guisado de carne? Parece-me bem. Tem cuidado, princesa - disse ele enquanto eu pegava no casaco que estava pendurado nas costas da cadeira da cozinha.

- Tenho sempre cuidado.

- Sabes o que quero dizer.

- Terei cuidado, prometo. Até quinta-feira - respondi, dando-lhe um beijo na cara. - Adeus, Charlie, toma conta do meu velho pai por mim.

- Não sou assim tão velho.

- Vais ser avô não tarda muito, por isso, é bom que te habitues.

Antes do acidente, o meu pai era detetive e, pelo que consta, muito bom. Portanto, com a ajuda do Poirot e os conselhos do meu pai, já tinha um bom começo.

O Outono já se instalara em Tensing Gardens. Os tons desmaiados de âmbar, vermelho e dourado brilhavam sob o sol da tarde. O chão estava coberto de bolotas e castanhas. Um esquilo cinzento corria à minha frente e a sua cauda peluda fazia-me lembrar a gola de um dos casacos da minha mãe. Pus esse pensamento de lado enquanto observava o esquilo a subir rapidamente uma das árvores com uma bolota preciosa a encher-lhe a boca.

Ao aproximar-me do quiosque raquítico, vi logo o Sr. Furness, a andar de um lado para o outro. Pontual, mais uma vez. Abrandei o passo para o poder observar por uns momentos. As passadas eram regulares, quase como uma marcha, e, quando chegava ao fundo do caminhozinho em frente ao café, girava nos calcanhares. Nenhum dos seus movimentos era ao acaso. Entretanto, fiquei perto o suficiente para lhe ver o sobrolho franzido, que ele desfez logo assim que me viu aproximar.

- Boa tarde, Sr.ª Juke - disse ele.

- Janie.

- Ah, sim, sou o Hugh. Tem razão, se vamos trabalhar juntos não há necessidade de formalidades.

- Um passo de cada vez, Hugh.

- Claro, claro.

- Vamos sentar-nos lá dentro, sim? Pelo menos enquanto não houver outros clientes.

- Quer chá?

- Er, não. Café, por favor.

Já não conseguia beber chá. Até o cheiro me agoniava. Nas últimas semanas também tinha deixado de comer comida condimentada e pepino. Sempre partira do princípio de que a chegada de um bebé implicaria uma mudança na rotina, mas não tinha antecipado uma mudança de dieta. Tudo isto e o Feijão ainda nem tinha nascido.

Entrámos no quiosque e lembrei-me da cabana do lenhador de uma dos meus contos de fadas preferidos. O Hugh dirigiu-se à comprida mesa de madeira que servia de balcão e fez os pedidos. Tudo na mulher por trás do balcão era redondo. Tinha uma cara do formato da lua e uma barriga confortavelmente grande. Até mesmo o cabelo estava bem apanhado e enrolado num carrapito na parte de trás da cabeça, lembrando-me um dónute. Estava encostada a uma bengala, o que parecia ser mais um hábito que uma necessidade, pois quando trouxe as nossas bebidas caminhava com segurança. Uma lembrança de que nem tudo é o que parece.

- O que quer saber?

O Hugh tirou as bebidas do tabuleiro e acrescentou duas colheres bem medidas de açúcar à sua chávena. Enquanto mexia, a mesa oscilava e fazia derramar um pouco do líquido para os pires. Ou as pernas da mesa eram desiguais ou o chão estava tão instável como o próprio quiosque.

- Peço desculpa, não tinha intenção de... Vou buscar um guardanapo de papel - disse ele.

- A culpa não foi sua, é da mesa.

Talvez não estivesse habituado a reuniões secretas com mulheres jovens ou talvez houvesse outra razão para o seu nervosismo. Colocou o guardanapo por cima do pires para absorver o líquido derramado e, então, começou a tossir. Já o tinha visto tossir daquela maneira. Na sua primeira visita à biblioteca tivera uma ataque de tosse que terminava num som áspero e sibilante. Agora parecia que estava na mesma, esforçando-se por recuperar o fôlego. Entretanto, a velha senhora que nos tinha servido trouxe um copo de água.

- Está bem, querido? - perguntou ela.

Ele não respondeu porque estava a tentar acalmar a respiração. Ao fim de alguns minutos o episódio passou e ele ficou bem.

- Isso está mau - disse eu. - O médico receitou-lhe alguma medicação?

Ele abanou a cabeça.

- Peço desculpa, vamos começar do início. Agradeço ter concordado em se encontrar comigo.

- Disse-me que o podia ajudar, mas preciso de algumas informações. Portanto, se não se importa, tenho aqui algumas perguntas para fazer.

Tirei o caderno e um lápis do meu saco de lona. Se tivesse sido um duende ou uma escuteira talvez tivesse aprendido a máxima "estar sempre preparada". Assim, foi o Poirot que me ensinou. A sua abordagem metódica para investigar tornara-se a minha. Adicionara-a ao meu conjunto de ferramentas quando estivera à procura da Zara. O meu caderno era a base e agora eu era também a orgulhosa proprietária de uma câmara fotográfica Instamatic. Nos últimos meses verificara que uma fotografia teria sido útil em diversas ocasiões, um registo visual para dar apoio aos meus apontamentos.

Com o meu conjunto de ferramentas ao dispor, estava preparada para aceitar um novo desafio. Novo caso, novo caderno, novo foco.

Tinha agrupado as minhas perguntas em cinco secções, uma página para cada: *Quem, O Quê, Porquê, Onde, Quando.* Todos os detalhes possíveis sobre a pessoa que estava à procura eram cruciais, mas também precisava de saber mais sobre o Sr. Furness e *O Quê* da minha investigação. Qual era o propósito da investigação? O que é que o Sr. Furness estava a fazer em Tamarisk Bay?

Eram demasiadas questões para apenas uma sessão, mas hoje podia começar por algum lado, pelo menos. Abri o caderno e folheei pelas diversas secções. Decidi começar pelo *Quem*.

- Queria ajuda para encontrar uma amiga?

Pus o lápis em posição.

- Sim.

- Como se chama a sua amiga?

- Dorothy Elm. Pelo menos era esse o nome dela quando a conheci, pode ter casado entretanto.

- E qual é a sua relação com a Dorothy?

- Não tenho nenhuma. Pelo menos não agora.

- Ela era sua amiga?

- Sim.

Fiz algumas anotações na página do *Quem* enquanto ele me observava.

- Há quanto tempo a viu pela última vez? Quando foram amigos?

- Durante a guerra.

- E não a vê desde então?

- Não.

- Estamos a falar de há vinte anos atrás?

- Vinte e cinco, na verdade. Via-a pela última vez em 1944.

- Peço desculpa, Sr. Furness... Hugh... mas porquê agora?

Ele baixou os olhos para a chávena e para o pires, para o chá que estava a arrefecer e permanecia por beber.

- A minha mulher morreu. No ano passado.

- Lamento. Isso é muito triste. Deve sentir saudades dela.

Uma onda de indignação começou a subir-me pelo corpo acima. Fiquei preparada para confrontar o Greg com uma pergunta injusta: *"Então, se eu morresse, quanto tempo esperarias até ires à procura de uma antiga paixão?"* Estava tão concentrada em imaginar a resposta do Greg que perdi o que o Hugh disse a seguir.

- Desculpe? - perguntei-lhe.

- Ela esteve doente por muito tempo.

- Deve ter sido um período difícil para ambos.

Não tinha a certeza se queria continuar aquela conversa. Já estava chateada com o Hugh Furness e ainda nem sequer tinha chegado às secções do *Quando, Onde* ou, mais importante, *O Quê*. O que é que ele pensava que eu podia fazer que ele não pudesse? Se quisesse procurar uma velha amiga, porque raio solicitaria a ajuda de uma bibliotecária de vinte e quatro anos? Grávida ainda por cima.

- E se parássemos por agora, Hugh? Tenho de ir tratar do jantar do meu marido.

Ele manteve-se imóvel e sem expressão no rosto. Duvidei que me tivesse ouvido. Levantei-me para ele perceber que a nossa conversa terminara, pelo menos de momento.

- Amava muito a minha mulher - disse ele.

- Folgo em sabê-lo.

Sentei-me novamente, preparada para lhe dar o benefício da dúvida.

- E já procurou nos sítios mais óbvios?

Olhou-me com ar interrogativo sem dizer nada.

- A lista telefónica?

- Sim, claro. Existem três Elms na lista telefónica local, mas nenhum com a inicial D. Além disso, duvido que a Dorothy tenha telefone e, como expliquei, ela pode ter casado. Tem de perceber que não estaria a pedir-lhe isto se fosse tão simples como procurar numa lista telefónica. - O rosto contraiu-se e havia frustração na sua voz. - Preciso mesmo de a encontrar.

- Porquê, Hugh?

- Penso que pode estar em perigo. É essa a questão, percebe. Tenho receio de que, se não a encontrar e a avisar, algo muito mau lhe possa acontecer.

- Não deveria contactar a polícia?

- Eles nem sempre são prestáveis, pois não? Acho que sabe o que quero dizer.

Referia-se a quando procurara pela Zara.

- OK, - disse eu - vamos então até 1944.

Ele fechou os olhos e eu fiquei à espera. Alguns momentos depois, ele começou a falar.

CAPÍTULO 3

1944

PRIMEIRO VIU O CÃO. Ia ao ritmo do dono, passada por passada. Pelo menos tentava, mas não estava a consegui-lo muito bem porque as suas patas eram demasiado curtas. Curtas, mas solícitas. De vez em quando o homem virava-se, talvez para verificar se o cão ainda ali estava, talvez para o convencer de que não era um caso perdido.

O homem abrandou e o cão alcançou-o. Ela podia ficar a observá-los durante horas, mas precisava de se lavar e voltar para a quinta a horas do chá.

Ao pensar no chá, lembrou-se o quão esfomeada estava. Já estava habituada ao trabalho físico, mas ainda se surpreendia com o apetite que lhe despertava. Tinham mais sorte que a maioria. Havia sempre bastante para comer, como legumes apanhados no próprio dia e transformados em estufados quentes. O pão era feito todos os dias e ela adorava o sal da manteiga caseira, feita a partir das vacas leiteiras. Lembrava-se demasiado bem das restrições do racionamento. Antes de ir trabalhar como camponesa, passara muitas manhãs nas filas para adquirir o básico, regressando a casa com apenas o suficiente para uma refeição. Porém, na quinta, não havia necessidade de ovos em pó. As galinhas andavam ao ar livre e providenciavam ovos mais que suficientes para todas as trabalhadoras.

No dia seguinte, por volta da mesma hora, ela viu-o novamente. Tinha um certo ar de abandono na forma como andava, com o cãozinho a trotar ao seu lado. Nesses dias, qualquer fio de liberdade tinha de ser aproveitado, nem que fosse por apenas alguns momentos.

Depois, não houve sinal dele por vários dias. Havia rumores de missões bem sucedidas na Alemanha. Alguns locais chave tinham sido arrasados, mas também tinha havido vítimas em ambos os lados. Ela rezava para que ele não fosse um dos pilotos que tinham perdido a vida.

Nem sequer sabia o nome dele.

Então, um dia, ele voltou a estar ali outra vez, com o seu terrier escocês a trotar ao seu lado. Ela podia ter literalmente saltado de alegria ao vê-los.

Nos dias em que ele não apareceu, enquanto esperava o máximo de tempo possível antes de voltar para a quinta a horas do chá, ela fez uma promessa a si própria. Na próxima vez que o visse, iria falar com ele. Agora chegara o momento.

- Posso dar uma festinha ao cão? - perguntou ela. A voz dela assustou-o, pois ele não a tinha visto aproximar-se. Ele parou de andar, mas o cão continuou por mais algum tempo, a farejar por entre as folhas.

- Como se chama?

- Scottie - respondeu ele. - Original, ei?

Ao sorrir, o rosto dele iluminou-se. Os olhos eram escuros, da cor de mirtilos, e o cabelo castanho-claro e ondulado. Ela imaginou a mãe dele a desembaraçar os nós dos seus cachos de bebé.

- Acompanhas-nos por um pouco? - perguntou ele, reparando na hesitação dela, mesmo que tenha sido momentânea. - Não vamos longe.

Ela não quis admitir que conhecia bastante bem o percurso deles. Tinha-os observado a caminharem à volta do perímetro do campo, entrando na primeira parte da floresta, e aparecendo de novo no outro lado, talvez uns dez minutos depois.

Tinha consciência do seu cabelo despenteado, dos tufos que saíam da trança à volta da cabeça. As mãos estavam cheias de terra de ter estado a plantar e com certeza que cheirava a suor. Punha toda a sua energia no trabalho agrícola, orgulhando-se disso, sabendo que estava a ajudar a alimentar a nação. Uma nação em guerra.

Todas as semanas desde que chegara que escrevia ao irmão, assegurando-lhe que tivera razão em se mudar para ali. A casa dela ficava a pouco mais de oitenta quilómetros dali, demasiado longe para ele a visitar, e ela tinha saudades dele.

- O Scottie vai atrás das bolas? - perguntou ela.

- Ele não é muito de correr, é mais de se arrastar.

- Gostava de me juntar ao vosso passeio, mas tenho de estar de volta às cinco em ponto, para o chá. Sarilhos terríveis se não chegar a tempo.

- Que pena - disse ele e toda a esperança se desvaneceu no seu rosto.

- Talvez amanhã? Se estiveres por aqui outra vez? Um pouco mais cedo, talvez, para dar tempo para um passeio?

- Se conseguir. É difícil planear de um dia para o outro. Tenho a certeza de que compreendes.

Ela olhou de soslaio para ele. Agora que estava próxima dele, podia ver de perto todos os detalhes do seu uniforme sem parecer que estava a olhar fixamente. A luz brilhou sobre o polimento dos botões e das botas.

- Estás a trabalhar aqui na quinta? - perguntou ele.

Ela anuiu.

- Sim, juntei-me ao Exército das Camponesas, sou uma delas.

- Bom para ti. Quero dizer, é um trabalho vital, e muito pesado também. Já tinhas feito trabalho agrícola antes?

- Não, mas adoro. Não sabia o quanto recompensador iria ser. Plantar sementinhas e vê-las crescer. Fazer colheitas que surgem do nada, apenas do sol, da chuva e da boa vontade do solo. É tudo uma questão de preparação, sabes.

- E não é tudo assim? - comentou ele e surgiram linhas de riso aos cantos dos olhos.

No dia seguinte ele cumpriu com a sua palavra e chegou um pouco mais cedo, com Scottie a balancear-se ao lado dele.

- Ele gosta de ti - disse ele enquanto ela se baixava para

cumprimentar o terrier. - Assim que lhe disse onde íamos, começou a saltitar com mais entusiasmo.

Caminharam enquanto conversavam sobre a quinta e sobre cães, prudentemente evitando qualquer menção relativa à mais recente vaga de bombardeamentos que tinha estado a aterrorizar toda a gente na península.

- Quem toma conta do Scottie quando estás em missão? - perguntou ela.

- Ajudamo-nos uns aos outros. Muitos de nós têm cães e um passeio vigoroso ajuda a passar o tempo entre missões. Embora admita que Scottie e vigoroso não são palavras que use frequentemente na mesma frase.

A conversa era fluída e leve. Ela contou-lhe o que aprendera sobre as estações do ano e o tempo e o quanto apreciava fazer parte de uma equipa.

- O momento certo é crucial, seja para plantar seja para colher. Uma chuvada na altura errada pode destruir meses de trabalho. Olha para as minhas mãos - disse ela, esticando as mãos à sua frente. - Não conseguia passar por uma senhora fina com elas, ei?

Riram juntos. Ao chegarem ao fundo da quinta, ela desejou que pudessem fazer o caminho todo outra vez.

- Há um baile amanhã à noite, no salão da aldeia. Vais? - perguntou ele.

Ela sentiu-se a corar e teve esperança de que ele não reparasse.

- Sim, algumas de nós vamos.

- Nós também vamos. Quero dizer, alguns do esquadrão. Então, talvez te veja lá...

Ela sorriu enquanto ele lhe esticava a mão.

Ela escolheu o mesmo vestido que tinha usado na última vez que tinha ido ao baile da aldeia, mas não importava, pois ele não estivera lá dessa vez. Ela teria reparado se ele tivesse ido.

O tecido às riscas vermelhas e brancas era elegante, mas não vistoso. Era cintando, o que acentuava a sua cintura fina. Colocou um casaquinho azul marinho aos ombros e ficou aliviada por notar que o único par de sapatos elegantes que tinha também era azul marinho.

Ele apenas a tinha visto com o cabelo apanhado numa trança à volta da cabeça, o que tornava mais fácil o cabelo não atrapalhar o trabalho no campo. Porém, para o baile, iria com o longo cabelo solto, com um lenço branco preso como uma bandolete para o manter no sítio e evitar que a franja lhe caísse para os olhos. Uma das raparigas tinha mostrado às outras como usar uma beterraba para tornar os lábios mais vermelhos. Havia poucas ou nenhumas hipóteses de ter um batom e muito menos rímel. Meias, então, nem pensar. Algumas raparigas coloriam as pernas com chá frio ou molho de carne, mas ela só se preocupou em desenhar uma linha na parte de trás das pernas para fazer parecer uma costura de meia.

Na noite do baile estava uma aragem fria, por isso, não houve necessidade de beliscar as maçãs do rosto para lhes dar um pouco mais de cor. Ao entrar no salão da aldeia sentiu-se corar, talvez por causa do ar quente gerado pela multidão de rapazes e raparigas que já dançavam na pista ou talvez devido à expectativa de poder dançar, com ele.

Ele foi ter com ela assim que a viu chegar. Pegou-lhe na mão e levou-a para o meio da multidão que dançava, fazendo caminho por entre os outros casais e criando espaço para eles os dois. Ele tinha muito ritmo e pés leves. Nas paredes do salão estavam penduradas bandeirinhas de cores vivas, que abanavam à medida que os dançarinos se movimentavam, agitando o ar com os seus passos animados. Dançaram swing, como o Jitterbug e a Lindy Hop.

As mesas e as cadeiras tinham sido encostadas às paredes para deixar mais espaço à pista de dança e havia uma plataforma elevada em forma de palco para a banda. Dois homens com o uniforme da força aérea tocavam, um no piano e o outro no trombone. Ao lado deles estava uma rapariga com uma voz segura, melodiosa e nítida. Ambos cantarolavam acompanhando as melodias.

- Sabes a letra? - perguntou-lhe ela.

Ele abanou a cabeça e riu-se. No fim da noite, ela estava exausta.

- Com certeza que não é mais cansativo do que lavrar, não? - disse ele, servindo dois copos de limonada.

- É mais rápido, definitivamente - respondeu ela.

Ao longo da noite, nenhum deles falou muito com os outros rapazes e raparigas do seu grupo. Apenas quando Maud lhe foi dizer que estava na hora de se irem embora é que ela se lembrou que elas estavam ali.

- Tenho de ir agora - disse ela. - Ficamos em sarilhos se chegarmos depois das dez da noite.

- Recolher obrigatório? - perguntou ele. - Espero que não penses que estou a ser atrevido, mas um amigo meu tem um barco. É um pequeno barco de pesca, que está amarrado no porto. Podíamos encontrarmo-nos lá, amanhã se quiseres. Estás livre amanhã?

- Estamos de folga todos os domingos. Primeiro há a igreja, mas depois...

Ele levou a mão ao rosto dela e desviou uma mecha de cabelo.

- Depois da igreja, então - concluiu ele.

Ela foi de bicicleta até ao porto, perguntando-se como iria reconhecer o barco, pois havia vários amarrados ao longo do cais. No entanto, ele tinha chegado antes dela e esperava-a na praia, com o Scottie sentado ao seu lado. Estavam ambos a contemplar o mar. Gaivotas voavam em círculos, grasnando alto.

- Estão à espera que lhes pesques um peixe? - perguntou ela.

O Scottie deu um pequeno latido e correu até ela. Ela pegou no cão e abraçou-o. Assim que ela o pôs no chão outra vez, ele começou a correr em círculos, com a cauda a abanar vigorosamente.

- Estás a ver, ele adora-te - disse ele.

Ela não conseguiu evitar corar. Teve esperança de que ele não reparasse, ou que achasse que era por causa do vento forte vindo do mar, trazendo o sangue ao seu rosto.

- O que vais pescar? - perguntou-lhe ela.

- Teremos sorte em apanhar seja o que for, pois eu não sou muito bom nisto. E tu?

- Nunca pesquei na minha vida.

- Pobres gaivotas.

Ele ajudou-a a entrar no barco e depois pegou no Scottie para o pôr lá dentro. Empurrou o barco com os remos de madeira para se afastar do cais, depois de ter desamarrado a corda que o mantinha no sítio. A maré estava alta e o vento agitava a água. O barco oscilava e ela ria-se cada vez que uma onda batia na lateral, salpicando-os. Quando já estavam suficientemente longe, ele preparou a cana e a linha, colocando o isco no anzol e atirando a linha para a água.

- Então, e agora? - perguntou ela.

- Esperamos.

- Quanto tempo?

- Até um peixe morder ou nos aborrecermos.

- Ou até ao recolher obrigatório - disse ela e riu-se.

- O meu amigo diz que podemos pescar robalo, se tivermos sorte.

Ele voltou a lançar a linha mais um vez e outra, mas não tiveram sorte com o peixe nesse dia.

- Próximo domingo? - perguntou ele enquanto ela saía do barco depois de regressarem ao porto. - Se eu não estiver em missão, claro.

Desta vez, ao despedirem-se, ele deu-lhe um beijo no rosto. Os lábios dele estavam quentes em comparação com o rosto frio dela.

- Gostava muito - respondeu ela.

Ao longo daquela primavera encontraram-se muitas vezes no pequeno barco de pesca. Para passar o tempo, enquanto esperavam que o peixe mordesse, ela lia poesia em voz alta. Nalguns dias, quando o vento estava forte, tinha de falar mais alto para se poder fazer ouvir acima do estalar e do chapinhar do mar. No início, ela escolhia trechos de Emily Dickinson e de Keats. Mais tarde, ganhou confiança e partilhou alguns dos seus poemas. Tinha brincado com as palavras desde criança e, ao pegar no lápis e numa folha de papel, podia criar um mundo imaginário, muitos, aliás. Os seus poemas combinavam com as ondas do mar.

Ele esforçava-se por reconciliar os diferentes lados desta mulher. Durante os seus passeios era divertida e frívola, mas, quando estavam no pequeno barco, ouvia a sua voz suave recitando ritmos e rimas líricos, fechava os olhos e sentia que ela era outra pessoa totalmente diferente.

Tinham falado pouco sobre os seus passados, as vidas que tinham deixado para trás para se juntarem à luta pela liberdade. Ambos tinham perdido amigos próximos nos bombardeamentos. Ela vivia com medo de um dia receber a notícia de que a casa onde nascera tivesse sido destruída e o irmão morrido nela, mas, até àquele momento, tal notícia ainda não chegara.

A maior parte do tempo ele era excessivamente alegre, contando piadas como se quisesse afastar a escuridão. Ela podia adivinhar em que dias ele tinha pilotado numa missão dura. Todas as saídas eram difíceis, mas as piores eram quando ele voltava e outros não.

A poesia acalmava-os, dando-lhes tempo para pensar no amor. Uma pequena palavra que nenhum deles usaria, por enquanto, pois ambos compreendiam que a guerra poderia não permitir que as suas raízes se expandissem e crescessem. Cada dia tinha de ser vivido como se fosse o último.

CAPÍTULO 4

QUANDO PAROU DE FALAR, o Hugh respirou fundo lentamente e o quiosque parecia mais frio que antes. Ele contara uma história de amor, mas algo nela me arrepiara. Eu tinha permanecido em silêncio, concentrando-me nos pormenores, garantindo que prestava atenção a todas as nuances. Fiquei à espera, sem saber se ele tinha intenção de continuar. Ele olhava fixamente para a bebida não bebida. Então, abanou a cabeça, como a reagir a uma discussão interna e, por fim, olhou para mim.

- Deve ser difícil para si recordar-se desses tempos... – disse eu. - Parece que a sua relação com a Dorothy era muito especial.

Ele anuiu.

- E qual era a sua base RAF?

- Longmere, oitenta quilómetros a oeste daqui, ao longo da costa.

Ele hesitou. Antes, fluía completamente, descrevendo o seu encontro com a Dorothy, o baile e as escapadelas piscatórias, mas agora era como se tivesse ficado exausto com as memórias felizes e apenas ficara um poço escuro que ele queria evitar a todo o custo. De repente, levantou-se.

- Podemos parar por agora? Provavelmente precisa de voltar para casa. Já ocupei demasiado do seu tempo - disse ele.

- Vejo que está cansado, mas preciso de saber muito mais antes de aceitar o seu caso. Marcamos outro encontro?

- Eu vou à biblioteca - respondeu.

Antes que eu pudesse responder, ele colocou o chapéu Trilby na cabeça e estendeu a mão para apertar a minha. Mal tinha tido tempo para meter o caderno e o lápis dentro do saco de lona quando ouvi a porta do quiosque fechar-se com estrondo. O Hugh tinha-se ido embora.

Durante a noite, a carrinha da biblioteca fica estacionada no parque de estacionamento da Biblioteca Central. Nos dias em que giro a biblioteca, ando durante cerca de quinze minutos de casa até ao gabinete dos recursos humanos para ir buscar as chaves da carrinha. Por vezes, quando fico agarrada ao calor da cama, saio de casa mais tarde e apanho o autocarro. Poupo cerca de cinco minutos, se o autocarro vier a horas. Nos meses de inverno que aí vinham, à medida que o Feijão começasse a atrapalhar o meu progresso, a opção do autocarro provavelmente iria ganhar mais vezes.

Quando cheguei para ir buscar a carrinha da biblioteca na sexta-feira de manhã, o Hugh estava à minha espera no parque de estacionamento. Desta vez vestia um blazer azul marinho e calças cinzento-escuras. Ao virar-se para me cumprimentar, reparei que usava o mesmo lenço de pescoço vermelho enfiado na camisa de gola aberta.

- Podemos encontrar-nos de novo? No Tensing Gardens? - perguntou. - Pode ser hoje. Tem hora de almoço?

O tom dele era educado, mas oficial.

- Normalmente como qualquer coisa à secretária... bem, ao balcão. Só estou disponível agora na terça-feira.

- O tempo urge. A cada dia que passa, a situação torna-se mais crítica. Compreende a urgência?

Ele estava de pé à minha frente, direito que nem um fuso, sem ter o peso mais num pé do que no outro como muitas pessoas fazem. Provavelmente isso devia-se ao seu treino militar.

Lembrei-me que o Greg tinha mencionado um jogo de dardos. Ele nunca quer que eu vá com ele, embora o acompanhe de vez em quando.

- Posso esta noite, se estiver disponível... - Hesitei, pensando num local que fosse menos isolado que um jardim numa noite de outono, mas onde pudéssemos falar sem sermos incomodados. - Que tal no café no Pontão? Fecha às oito, mas antes disso deve estar suficientemente tranquilo, pois a maioria das pessoas estarão em casa a jantar.

Ele anuiu e tirou um bloco de notas do bolso da frente do casaco juntamente com uma caneta de tinta permanente.

- Café no Pontão, sete da tarde - repetiu enquanto escrevia.

As sextas-feiras são sempre movimentadas, pois as pessoas querem escolher o que vão ler durante o fim de semana. Tendo em conta a previsão do tempo para esse fim de semana de outubro, o fluxo de clientes que queriam levar livros emprestados fazia-me crer que estavam todos a planear dois dias tranquilos enroscados em frente à lareira.

Depois de deixar a carrinha no parque de estacionamento da Biblioteca Central, fui a casa mudar de roupa. Ainda tive tempo de comer uma torrada com Marmite antes de me deslocar até à beira-mar. Por causa das rajadas fortes de vento, mesmo nas ruas secundárias, vesti tantas camadas de roupa que a minha barriga de grávida quase nem se notava.

A beira-mar segue de oeste para leste, começando em Tamarisk Bay e terminando em Tidehaven Old Town, com o Pontão mais ou menos a meio caminho do passeio marítimo. Infelizmente, não resta nada do segundo pontão de que o meu pai e a Tia Jessica falavam frequentemente. Ambos passaram verões felizes nos salões de jogos na estrutura vitoriana, que aparentemente era aclamada como uma obra prima de design e construção antes de ter sido danificada por fortes temporais durante a Segunda Guerra Mundial. Depois, uns meses mais tarde, foi totalmente destruída por um grande incêndio. No entanto, ainda temos o Tidehaven Pier, com um salão de baile e o Café do Pontão.

O café é redondo, com grandes janelas à volta para aproveitar ao máximo a vista sobre o mar, mas a sua localização fez com que sofresse o impacto violento do clima ao longo das décadas. Como resultado, fortes rajadas de vento entravam agora pelas janelas de caixilho metálico. Não havia cantinhos aconchegantes onde nos pudéssemos abrigar, por isso, quando cheguei e vi o Hugh sentado numa mesa junto à janela, no lado leste, fiquei apreensiva. Nesse dia, soprava um forte vento de nordeste e, para alguém que tinha frio até em agosto, previ que o lugar escolhido iria causar problemas.

- Viva - disse eu, olhando à volta à procura de um lugar melhor. - Importa-se que mudemos para outro sítio? Há correntes de ar por todo o lado, mas se calhar está-se melhor ali naquele lado.

Apontei para uma mesa perto de uma janela que parecia estar bem calafetada. Fiz uma nota mental para lembrar o Greg para não comprar os produtos mais baratos quando finalmente se decidisse a calafetar as janelas lá de casa.

Durante a hora seguinte, o Hugh contou-me mais coisas sobre a Dorothy enquanto eu fazia anotações. De vez em quando interrompia, pedindo para esclarecer alguns pontos. Os pormenores eram vitais.

- A Dorothy cresceu em Tamarisk Bay, - explicou - pelo menos era onde vivia antes da guerra. Ela nasceu em East Anglia, mas depois a família mudou-se para o sul por razões de saúde. Tinha um irmão, uns anos mais novo que ela. Falava sempre dele com carinho. O nome dele era Kenneth, pelo que me lembro. Acho que se sentia culpada de o ter deixado para trás para se juntar ao Exército das Camponesas, mas nesses tempos de guerra todos nós tivemos de tomar decisões difíceis.

- E achas que ela poderia ter regressado para aqui, para a cidade dela?

- Imagino que sim.

- Não mantiveram o contacto?

- A guerra destrói vidas, divide famílias. É jovem, é difícil para si compreender.

Enquanto ouvia o Hugh falar, sentia que havia uma escuridão por entre as linhas da sua história. Era como se caminhasse por águas lamacentas, por um lodo de verdades não ditas que dificultavam o meu progresso.

Ele olhou para o relógio.

- São quase oito horas, vão fechar em breve.

A empregada veio até à nossa mesa e levou as chávenas que ainda estavam meio cheias. Também limpou outras mesas e depois pegou numa vassoura e começou a colocar cadeiras em cima das mesas para varrer o chão.

- Deve ser a dica para nos irmos embora - disse eu. - Só mais uma pergunta. O que o faz pensar que a Dorothy está em perigo? E uma fotografia, tem alguma fotografia dela?

- Isso são duas perguntas - comentou ele.

Eu sorri. Ele levou a mão ao bolso e tirou uma pequena fotografia a preto e branco. A mulher na foto era mais ou menos da minha idade, talvez um ou dois anos mais nova. Tinha o cabelo entrançado à volta da cabeça e vestia umas calças de bombazina e um casaco grosso, com um lenço à volta do pescoço.

- Claro que esta fotografia é de há vinte e cinco anos atrás. E a resposta à outra pergunta... bem, explicarei melhor se decidir aceitar o caso.

- Hugh, vou analisar tudo o que me disse e pensar sobre o assunto. Não sei se conseguirei ajudar, para ser honesta, mas se conseguir, vou ajudar. Onde o posso encontrar se e quando tiver alguma informação?

Ele escreveu a morada num pedaço de papel que tirou do seu bloco de notas.

- Estou num alojamento temporário de momento. A senhoria é a Sr.ª Summer. Ela pode ficar com um recado, caso eu não esteja lá.

- Ela não irá interrogar-se sobre quem eu sou?

- Pode dizer que é minha sobrinha, se quiser, se tornar as coisas mais fáceis. Sr.ª Juke, há mais outra coisa. Ainda não falámos sobre dinheiro.

Levantei uma sobrancelha. Durante a nossa conversa nunca achara que as minhas competências detetivescas tivessem algum valor monetário, mas agora que parava para pensar nisso achei que fazia sentido. Ele estava a contratar-me para fazer um trabalho, mas eu não tinha ideia de qual poderia ser a tarifa. O suficiente para comprar um carrinho de bebé de cinco estrelas para o Feijão, em vez de um de vão de escada baratinho? O suficiente para oferecer ao Greg um novo conjunto de dardos ou um lugar cativo no Clube de Futebol de Brighton? Talvez o suficiente para pagar o empréstimo que o meu pai nos fizera para comprar o carro?

- Haverá também despesas correntes como bilhetes de autocarro, táxis... - disse o Hugh.

- Sim, claro. Posso pensar em alguns valores e depois falar consigo sobre isso?

Ele anuiu e levantámo-nos, apertando as mãos.

- O que acontece se não a conseguir encontrar? - perguntei.

- Pago-lhe na mesma, pelo tempo dispendido. Mas tenho fé em si. Tenho a certeza de que não me vai desapontar.

Saímos juntos do café e caminhámos pela beira-mar. Entretanto, um polícia de uniforme estava a andar de um lado para o outro perto da entrada do Pontão. Não é incomum ver um polícia a fazer a ronda, mas assim que me separei do Hugh para seguir o caminho de casa, reparei que o polícia se virou e começou a segui-lo. Em vez de virar na rua à direita, que me levaria a casa, abrandei e fui atrás do polícia por algum tempo. Claro que era possível que a ronda do polícia coincidisse com o percurso do Hugh e que o mistério estivesse apenas na minha imaginação. Tinha sido uma semana estranha, aliás, tinha sido um ano estranho, e tinha a sensação de que ainda ia ficar muito mais estranho antes do fim do ano.

Estava a pensar em desculpas para justificar o chegar ainda mais tarde a casa do que tinha previsto quando me apercebi de que o Hugh parara ao lado de um dos abrigos à beira-mar. O polícia pareceu hesitar e depois virou-se e começou a caminhar na minha direção. Quando se aproximou de mim, disse-lhe:

- Boa noite, Sr. Polícia. Podia dizer-me as horas?

Era pouco original e tornei-o ainda mais óbvio ao enfiar as mãos nos bolsos para que ele não visse o meu relógio de pulso.

- Uns minutos depois das oito, minha senhora - respondeu e seguiu caminho.

O Greg chegou a casa feliz por ter jogado um dos seus melhores jogos desde que se tornara membro da equipa de dardos.

- Então, estás contente por te ter convencido a entrar na equipa? - perguntei enquanto levantámos a mesa do jantar.

- Uma das tuas melhores ideias - respondeu e abraçou-me pela cintura. - Feijão, o teu pai não é apenas bonito, também é talentoso.

- E modesto?

- Claro! E agora, minha querida esposa, tenho intenção de me esticar no sofá e rever todas as minhas tiradas brilhantes. Já te disse que acertei mesmo no centro? Pela primeira vez?

- Er, sim, várias vezes, acho eu. Vai esticar-te. Vou ter contigo a tempo de ver a série policial *Z-Cars* e então vou obrigar-te a fazer espaço para mim, portanto, aproveita enquanto podes.

Ouvi-o a ligar a televisão e aproveitei a oportunidade para ler os apontamentos que tinha feito antes. Sempre me fascinara a ideia do Exército das Camponesas, mulheres que muitas vezes não sabiam nada sobre o campo a tornarem-se especialistas em sementeiras e lavouras. A camaradagem devia ser sido maravilhosa, mas foi a brutalidade da guerra que a tornou necessária. Coisas boas que resultavam de coisas más.

O meu pai combatera na guerra, mas apenas durante um breve período de tempo. Mal tinha feito dezanove anos quando se juntou ao exército e a guerra terminou um ano depois. Nunca falou sobre esse período. Não sei o quão perto ele esteve da morte, nem de matar ou de ver os seus amigos a serem mortos.

Puxei o assunto quando fui a casa dele, sem saber que respostas receberia. O fluxo de clientes tinha sido constante nesse dia. Quando o último cliente saiu, o meu pai aproveitou a oportunidade para descontrair enquanto eu punha a chaleira ao lume. O Feijão impediu-me de beber chá propriamente dito, mas descobri que chá de limão, água quente com limão mais precisamente, era uma alternativa perfeita. Quando a chaleira começou a ferver, o meu pai e o Charlie entraram na cozinha vindos da sala de tratamento.

O meu pai sentou-se no sítio do costume, à mesa da cozinha, de costas viradas para a porta, e o Charlie deitou-se aos seus pés. Eu sentei-me em frente dele, no sítio do costume, ao lado do fogão. Não era uma questão de hábito ou rotina. Por exemplo, tudo na bancada tinha o seu sítio próprio. A caixa do chá ficava sempre à esquerda do açucareiro, o frasco das bolachas ficava aninhado na prateleira de baixo do armário mais perto do lava-loiça. Na sala de estar, a posição permanente de cada peça de mobiliário resultara já em pequenas marcas na carpete. Na verdade, cada objeto da casa é parte de um mapa para garantir que o meu pai nunca perde o caminho.

- Dia movimentado, não foi? – comentei enquanto bebericávamos as bebidas.

- Um bom dia, apesar de tudo. Muito recompensador. A Sr.ª Barnard já não precisa de mais consultas e o Sr. Haywood disse-me que, agora que o joelho estabilizou, sobe muito melhor as escadas.

- Uma maravilha, é o que tu és.

- Oh, obrigado, princesa. Embora talvez sejas um pouco tendenciosa.

- Alguma vez pensas em como teria sido a tua vida se tivesses ficado na polícia? Se não tivesses tido o acidente?

- Nao acho os *e ses* muito úteis. É o que é e isso chega-me. Além disso, estou a apreciar o trabalho de detetive de forma indireta.

- Ah, sim, bem...

- Aceitaste o novo caso? Do fulano da biblioteca?

- Não consigo esconder nada de ti, pois não?

A intuição do meu pai teria feito dele um detetive brilhante. Eu esperava que tivesse herdado um bocadinho dela.

- Antes que digas alguma coisa sobre o Feijão, ou mesmo sobre o Greg, não te preocupes - disse eu. - Não vou andar a correr de um lado para o outro. Se o aceitar, e ainda não dei uma resposta definitiva, tenho intenção de obter ajuda.

- Vais contratar pessoal? - perguntou ele a sorrir.

- O Poirot usa o seu amigo Hastings para encontrar pistas. É surpreendente o que podemos descobrir ao falar com as pessoas. Na verdade, pensei em começar por ti.

- Não me vais pedir para quebrar a confidencialidade paciente-médico, pois não?

- Nada disso. Porém, o que te queria perguntar pode ser incómodo para ti.

Ele olhou para mim com ar interrogativo e eu perguntei-me o que se estaria a passar pela sua mente.

- Podes contar-me sobre o tempo que estiveste no exército, sobre a guerra?

- Oh, não tinha visto que poderia ser isso.

- Isso era suposto ser um trocadilho?...

Eu e o meu pai não negamos a realidade de ele ser cego, mas isso não nos impede de nos rirmos disso de vez em quando.

- Agora a sério, será que me podias contar como eram as coisas nessa altura? Consigo imaginar muitas coisas, mas quero descartar suposições e concentrar-me nos factos.

- Estou impressionado. Afinal, tens dado ouvidos aos meus conselhos.

- Claro que sim.

- Foi um tempo cheio de contradições...

Ele hesitou como se estivesse a tentar colocar as suas memórias em ordem.

- Muitos momentos terríveis eram intercalados com momentos brilhantes. Fiz novos amigos e perdi outros. As prioridades mudaram. De repente, tudo o que pensávamos que era importante antes da guerra tornou-se insignificante.

- Assim como quando perdeste a visão?

- Em certos aspetos, sim. O nosso foco era continuar vivos e manter a salvo as pessoas à nossa volta.

- Sabiam em quem confiar?

- Pergunta interessante. No essencial, sim. Rapidamente aprendemos a importância do respeito e quão crítico era obedecer a ordens. Quando o teu comandante te diz para fazer algo, não te podes dar ao luxo de questionar as razões, precisas de agir.

- E se ele estivesse errado? Provavelmente houve avaliações erradas...

- Sim, de certeza que houve, mas eu tive sorte. O meu pelotão era responsável pelo transporte de mercadorias.

- Não tiveste de combater?

- Todos os dias era uma luta. Tínhamos de garantir que o transporte chegava ao seu destino sem incidentes. Um dia vi o camião da frente explodir e ficar em pedaços. Não restou nada do camião, das mercadorias nem dos soldados.

- Deves ter ficado aterrorizado. Eras tão novo! Cinco anos mais novo do que eu sou agora. Nunca quiseste fugir?

- É isso que quero dizer com contradições. Havia um grande sentido de companheirismo. Sabias que as tuas ações não estavam apenas a ajudar os outros soldados, mas também as pessoas da tua terra, uma nação inteira. Fugir significava desapontar toda a gente.

- Achas que isso que te mudou? As coisas terríveis que viste, o viver com medo todos os dias...

- O que não te mata, tornar-te mais forte. É o que dizem, não é?

- Obrigada, pai.

- Pelo quê?

- Por me explicares, por falares sobre isso. Sei que é difícil reviver memórias que preferias esquecer.

- Vai ajudar-te na tua nova investigação?

- Sim, acho que sim.

- Vais falar-me sobre isso?

- Sim, mas não já. Preciso de organizar as ideias primeiro. Tal como disse, pediram-me para encontrar uma mulher, mais ainda não percebi porquê.

- Porque é que a pessoa está desaparecida?

- Não, quero dizer, porquê eu?

- Bem, talvez tenhas ganho uma certa reputação pelo que fizeste pela Zara.

- Podia interpretar isso de duas formas... - disse eu a sorrir. - De qualquer maneira, está na hora de ir para casa e tratar do jantar.

- Não deixes esta investigação se meter entre vocês os dois. Tu e o Greg. O teu bebé e o teu marido precisam de ser as tuas prioridades.

- Está tudo bem, pai, tenho tudo controlado.

A verdade é que não tinha.

CAPÍTULO 5

Elas ainda não sabiam, mas a Phyllis e a Libby Frobisher estavam prestes a ser consideradas membros da equipa de resolução de mistérios Janie Juke.

A Phyllis tinha sido a minha professora de inglês na escola primária e eu considerava-a como a avó que sempre gostaria de ter tido, mas nunca tivera. A casa da Phyllis era um complemento perfeito para a sua personalidade: elegante e bem decorada, sem ser vistosa. A Lavender Cottage, a casa da alfazema, estava aninhada no coração da Tidehaven Old Town. Para lá chegar tínhamos de serpentear por um beco demasiado estreito para permitir a passagem de um carro. Por isso, tinha a sensação de estar de volta ao tempo dos Tudor, na altura em que a casa fora construída e quando o meio de transporte de eleição era uma carroça puxada a cavalo ou o bom e velho andar a pé.

Em sintonia com o nome, em cada um dos lados da porta de entrada, estavam dois grandes vasos de pedra com alfazema-inglesa. Já estávamos a ficar fora de época, mas, mesmo em pleno estado outonal, as hastes das flores ainda emitiam um aroma delicado e suave quando eram acariciadas pelo vento.

Passei pelo portão de madeira e, quando entrei no caminho de acesso à casa, vi uma bola de pelo ruivo, parcialmente escondida pelo arbusto de uma hortênsia que crescia por baixo da janela saliente. Por momentos parecia que fazia parte do próprio arbusto, com flores pesadas tingidas por uma cor acobreada outonal. Mas então surgiu uma cauda e de repente o gato cruzou o caminho e desapareceu pela sebe adentro.

- Um novo membro do agregado familiar? - perguntei quando a Phyllis apareceu.

Na última vez que a Phyllis tinha estado na biblioteca, dissera-lhe que talvez a fosse visitar, por isso, não me surpreendi quando a porta se abriu antes de eu ter tido tempo de bater com a pitoresca aldraba de bronze em forma de duende.

- Não, pertence à casa ao lado, mas aparentemente prefere o meu leite. Não devia ter começado a dar-lhe leite... Numa manhã fria, encontrei-a sentada à minha porta com um ar muito desolado. Desde então, faz um chinfrim se o pires não estiver pronto e cheio.

- Tens um coração demasiado mole.

- Sim, provavelmente. Entra. Tenho a chaleira ao lume e fiz bolo de granola. O Feijão não se importa com bolo de granola?

- Bolo de granola é perfeito. Posso dar uma espreitadela ao teu jardim das traseiras? Não o vejo desde que fizeste o pátio novo.

- À-vontade - respondeu ela, abrindo a porta das traseiras. - Eu não vou porque estou de chinelos, mas vai tu dar uma volta. Se fores até ao fundo do jardim e te virares para trás, para a casa, vais ter uma visão fantástica.

- É perfeita - disse eu ao voltar uns minutos mais tarde. - Fez-me pensar sobre o nosso pedaço de relva descuidada. Ajudas-me com algumas ideias para o renovar? Eu e o Greg somos um desastre, mal sabemos distinguir entre uma flor e uma erva daninha. Seria ótimo se o Feijão tivesse um jardim adequado para correr à volta em vez da desgraça que está neste momento.

- Se são ideias que queres, não há problema, mas não posso prometer ajudar-te a cavar. Já lá vai o tempo em que tentava fazer quase tudo. O melhor que posso fazer agora é supervisionar. Vamos para a sala, está-se melhor lá. Depois, podes dizer-me a verdadeira razão de teres cá vindo.

Não havia muito que conseguisse esconder da Phyllis. Era tão intuitiva como o meu pai e conhecia-me quase tão bem. O pretexto da minha visita era saber a sua opinião sobre o último livro da Agatha Christie, mas não esperava que acreditasse numa desculpa tão esfarrapada. Afinal, era na biblioteca itinerante que falávamos sobre livros.

- Como vai o Greg? - perguntou.

Eu sorri.

- Ele sabe que estás prestes a começar a investigar um novo caso?

A Phyllis podia apoiar-me firmemente em muitos aspetos da minha vida, mas tinha desaprovado o meu envolvimento na procura pela Zara. Era improvável que me incentivasse desta vez, principalmente com o nascimento do Feijão cada vez mais mais próximo.

- Tenho um plano - disse eu.

- Ah!

- Vou pedir ajuda. Na realidade, é por isso que estou aqui.

Ela levantou-se e foi até à janela com vista para uma grande faia que enchia um dos cantos do jardim traseiro. As folhas estavam agora num tom de caramelo-escuro e um vento que soprava forte por entre os ramos fazia-as mergulhar e abanar.

- Como vão os soluços? - perguntou.

- A tua alfazema acalma-me. Talvez devesse levar uma mão-cheia no saco e usá-la de vez em quando quando fosse preciso.

Além da dificuldade em beber chá e comer vários tipos de comida, tinha desenvolvido uma propensão para soluçar cada vez que me sentia ansiosa ou demasiado entusiasmada. O surgimento de soluços a meio de uma discussão ou no preciso momento prestes a descobrir uma pista vital era muito pouco útil. Coloquei a mão na minha barriga de grávida e acariciei-a algumas vezes. Não queria que o Feijão se sentisse pouco amado.

Afundei-me numa poltrona puída que estava perto o suficiente da animada lareira de carvão para ouvir o fogo crepitar e estalar enquanto as chamas tremeluziam. Entretanto, a Phyllis colocou um tabuleiro com as bebidas e o bolo de granola numa mesa de centro.

- Porque é que achas que te posso ajudar? - peguntou.

- O que preciso neste momento é de informação. Quão bem te

lembras dos teus alunos?

- Todos eles? Estamos a falar de mais de quarenta anos.

- Eu sei, é pedir demasiado. Mas se te contar tudo o que sei sobre uma família em particular, então talvez...?

- Força.

- Um irmão e uma irmã. Dorothy era o nome da rapariga e o irmão chamava-se Kenneth. Ele era um pouco mais novo do que ela e o pai deles sofria gravemente de asma e bronquite. A família mudou-se para aqui porque o médico lhe disse que a brisa do mar ajudaria nas dores do peito.

- Várias famílias encaixam nessa descrição - respondeu. - Houve um fluxo de pessoas em determinada altura. Todos queriam fugir das cidades industriais, pois a poluição era terrível. Presumo que estejas a falar da altura da guerra?

- Não, isto teria sido antes da guerra. A Dorothy teria uns vinte anos na altura da guerra, por isso, teria sido uns anos antes. Penso que a família era originalmente de East Anglia, talvez de Peterborough.

- Apelido?

- Elm.

Ficou pensativa e serviu-se de mais uma chávena de chá.

- Queres mais? Deixei a chaleira no fogão e tenho muitos limões.

- Não, obrigada. Não espero que tenhas uma resposta pronta para me dares já. Pensa nisso, talvez surja alguma coisa na tua mente, uma memória ou qualquer coisa do género.

- Não há mais nada que me possas dizer? Sobre a mãe deles, por exemplo?

- Não tenho a certeza. Posso tentar descobrir. Ajudaria?

- Talvez.

Ela colocou a chávena vazia com o pires no tabuleiro e acrescentou mais carvão à lareira. Na cornija estava disposta uma coleção de delicados dedais de porcelana e perguntei-me quanto tempo demoraria ela para lhes limpar o pó.

- Não precisas de te preocupar comigo e com o Greg - disse eu. - Estamos bem.

- Tens a certeza?

- Tenho a certeza. Estamos a fazer o nosso caminho, ainda a aprender coisas um sobre o outro.

- Não o ponhas de parte. Vais precisar dele quando o Feijão nascer.

No autocarro de volta da casa da Phyllis, refleti sobre o conselho dela, o que ela dissera e o que ficara por dizer. Eu e o Greg tínhamos chegado a um ponto da nossa relação em que estávamos ambos a lutar por um lugar, como cavalos na grelha de partida de uma corrida. Durante os dois anos em que estivemos casados era como se o terreno por baixo dos nossos pés estivesse em constante movimento. Talvez fosse assim mesmo a vida de casado. Não tinha muito para comparar.

A minha mãe fora-se embora logo depois do acidente do meu pai, quando se tornou claro que ele precisaria do apoio dela de várias formas. Além da morada postal de um sítio no Norte, pouco sabia da vida que ela escolhera. Os meus sogros, a Nell e o Jimmy Juke, pareciam ter uma relação tradicional, em que ela se queixava muito e ele raramente ouvia. Parecia que se davam bem, mas sem grande alegria. Talvez a alegria e a paixão se esgotassem quando se estava numa relação há tanto tempo como eles estavam, ou talvez não houvesse muito disso logo de início.

A Nell e o Jimmy tinham-se conhecido e casado logo depois da guerra, tal como o meu pai e a minha mãe. Entretanto, a vida e os comportamentos mudaram. Os anos da guerra mostrara às mulheres que elas podiam ter muito mais, ser muito mais. Estávamos agora no final de uma década que nos tinha proporcionado novos tipos de liberdades. Desde que a guerra terminara, era a primeira vez que os jovens já não eram obrigados a alistar-se (precisava de lembrar o Greg da sorte que tinha) e as mulheres casadas podiam tomar decisões relativas ao controlo da natalidade (não precisava de me lembrar disso).

A procura pela Dorothy Elm intrigava-me. Não se tratava apenas do desafio de encontrar uma pessoa desaparecida, se de facto ela estava desaparecida. Pelo que sabia sobre ela até então, ela parecia pertencer a um novo género de mulheres, mulheres que partiram o molde, que estavam dispostas a enfrentar novos desafios. Talvez nós as duas tivéssemos algo em comum.

Tinha acordado com o Hugh que o informaria sobre a minha decisão em relação ao caso até ao fim da semana. Também precisava de pensar nos meus honorários. Não é que pudesse perguntar a alguém. Suponho que não existissem muitos investigadores privados em Tamarisk Bay, pelo menos que conhecesse. De alguma forma, os meus pensamentos encontraram um caminho até à Libby Frobisher. A Libby, a neta preferida, e única, da Phyllis Frobisher, mudara-se recentemente da Cornualha para aceitar um trabalho como jornalista no jornal Tidehaven Observer.Fora o artigo da Libby sobre o meu papel na procura pela Zara que levara o Hugh a bater à minha porta, falando em sentido figurado.

Usar o ordenado da Libby como referência para os meus honorários pareceu-me apropriado. Afinal, ambas investigávamos, de uma maneira ou de outra. Era um pouco abusivo perguntar diretamente à Libby, mas, depois de verificar as ofertas de emprego no jornal Tidehaven Observer, e mesmo no jornal Brighton Argus, e não ter conseguido obter qualquer informação útil, essa parecia ser a minha única opção.

Combinámos encontrarmo-nos no meu café preferido ao fundo da London Road.O Jefferson é um misto de café e discoteca. O Richie, o proprietário, adora música tanto quanto café, talvez mesmo mais.

- Tens um furo para mim? - perguntou a Libby assim que nos aninhámos ao canto do café, longe da jukebox. A música era ótima, mas às vezes era difícil ouvir fosse o que fosse para além dela.

- Não.

Hesitei em dizer mais alguma coisa. Pensem no borbulhar que fica a pairar num copo de limonada no momento em que a servimos a partir da garrafa. A Libby era assim. Mas talvez estivesse a ser injusta para com ela. O borbulhar pode ser divertido, mas inútil. A Libby geralmente era divertida, mas nunca inútil. Tornara-se uma amiga, mas hoje era a jornalista que estava de serviço, pronta para aquele pedaço de notícia que faria a primeira página e conseguiria mais uma palmadinha nas costas por parte do editor.

- Desta vez sou eu quem precisa de informação da tua parte - disse eu, a mexer açúcar no café. O Feijão estava a puxar pela minha gulodice, pelo menos era essa a minha desculpa.

- Informação sobre o quê? Consegues ficar a saber mais coscuvilhices na tua biblioteca do que eu. Porque é que achas que somos amigas?

Levantei uma sobrancelha.

- Estou a brincar - disse ela.

- É um bocado pessoal.

- Estamos a falar da vida amorosa? Se é, esquece. Não há ninguém em cena de momento e ninguém à espreita, mas vivo na esperança.

- Não é sobre amor, é sobre trabalho.

- Que aborrecido.

- É sobre dinheiro, não é completamente aborrecido. Importavas-te de me dizer o quanto ganhas?

- Vai direta ao assunto, pode ser? Não andas atrás do meu emprego, pois não?

- Não, nada disso. É que...

- Pediram-te para aceitares um caso, não foi? Diz lá, podes confiar em mim.

Ri-me e abanei a cabeça.

- É uma troca justa. Eu digo-te qual é o meu salário e tu dizes-me para quem estás a trabalhar. Vá lá, dá-me uma dica para animar o meu dia. A única coisa que tenho em mãos é a reunião geral anual do Instituto da Mulher. Devias ter pena de uma pobre jornalista.

Como jornalista no início de carreira, a Libby ainda recebia um salário de principiante. De qualquer das formas, a perspetiva de algum dinheiro extra era atraente. Decidi pedir ao Hugh uma tarifa por hora, com base em metade da tarifa da Libby, pois ainda estava a aprender. O meu próximo dilema seria calcular o número de horas que passaria a resolver o caso. Poderia contar o tempo em que refletia sobre as pistas enquanto geria a biblioteca? Claramente que o trabalho de detetive não era assim tão simples.

Não precisava de me ter preocupado. O Hugh claramente tinha mais dinheiro do que bom senso e ofereceu-me uma quantia que ultrapassava em muito o que alguma vez poderia esperar. Metade agora e metade quando encontrasse a Dorothy.

- E se não a encontrar? - perguntei-lhe durante o encontro seguinte no Tensing Gardens.

- Tenho confiança de que a vai encontrar, mas irei pagar de qualquer das formas, mais despesas correntes.

- Quanto tempo tenho? Quando decidimos que é melhor parar?

Ele olhou para a minha barriga de grávida e sorriu.

- Penso que chegará a essa decisão por si, ou então será o bebé a decidir.

Estendeu a mão.

- Um aperto de mão para selar o negócio?

Senti uma onda de euforia a percorrer-me o corpo quando apertámos as mãos. Estava a começar uma nova carreira. Tivera alguns tropeções aquando da busca pela Zara, mas desta vez era diferente e não era apenas porque estava a ser paga.

CAPÍTULO 6

As consultas periódicas na clínica pré-natal asseguravam-me que tudo ia bem à medida que o Feijão crescia. Já me eram familiar as caras de muitas das futuras mães que iam à Briarsbank Maternity Home, mas apenas trocávamos um estranho olá e poucas palavras. Porém, a minha amizade com a Nikki Bright era mais do que isso. Quase todas as semanas, depois das consultas, dávamos um pequeno passeio juntas. Se o tempo estivesse mau, íamos a um café e, caso estivesse um sol brilhante, sentávamo-nos no parque.

Hoje era um daqueles dias de outono que fingia ser de verão. As folhas transformavam as árvores em caleidoscópios de cor que fariam inveja a qualquer artista. No entanto, o sol não estava muito quente e, portanto, fomos até ao nosso café preferido e pedimos bebidas quentes.

- Consegues sentir os dois a dar pontapés? - perguntei-lhe. - Quero dizer, mexem-se ao mesmo tempo ou é só uma salgalhada de braços e pernas?

Ela sorriu e pegou-me na mão, colocando-a gentilmente sobre a sua barriga de grávida. Eu tinha dificuldade em lidar com tudo o que um Feijãozinho me estava a fazer ao corpo, por isso, não conseguia imaginar como seria para ela com gémeos.

- Estão sempre em movimento. Quando não é um, é o outro. Sabe Deus como será quando eles nascerem. Não terei um minuto livre. E o Feijão? É irrequieto?

- Principalmente depois de comer.

- E os soluços? Continuam a ser um problema?

- Quando estou ansiosa ou demasiado entusiasmada. Deveria ter perguntado isso à parteira.

- Na próxima consulta, talvez? Bem, queria falar contigo sobre uma coisa - disse ela, empurrando o copo vazio para o lado e encostando-se descontraidamente às costas da cadeira. - Estou a pensar em organizar um jantar para conhecer algumas pessoas novas. Ainda não fiz muitos amigos desde que nos instalámos aqui. Na verdade, apenas tu. O Frank tem os colegas de trabalho, claro, mas eu só consigo lidar com conversa de polícia até um certo ponto.

Quando o Frank Bright fora promovido a Detetive Sargento na esquadra da polícia de Tidehaven, eles os dois tiveram de se mudar da sua terra de origem. Os pais da Nikki ficaram lá no Norte e ela ficou com falta de uma nova rede de apoio.

- Eu sei o que é conversa de trabalho. Estou sempre a ouvir sobre a complexidade dos projetos de construção e isso está a começar a dar-me nos nervos.

Peguei na colher e comecei a mexer o café embora não tivesse acrescentado açúcar.

- Nikki, quero dizer-te que estou contente por termos ficado amigas depois de toda aquela situação com a Zara. Percebo que tenha sido difícil para ti teres sido apanhada no meio dessa confusão.

- Admito que tive algumas dificuldades em lidar com isso. O Frank vai ser sempre a minha prioridade, mas os amigos também são importantes. Então, o que achas da ideia do jantar? Queria que tu e o Greg viessem também.

- Parece divertido, mas vai ser uma grande trabalheira para ti, não vai? Tens a certeza de que não será demais?

O Greg não ficou muito entusiasmado. Lembrei-lhe das ocasiões em que me senti posta de lado enquanto ele planeava a estratégia com a equipa de dardos ou quando descrevia o último jogo de futebol do Brighton ao meu pai, pontapé por pontapé.

- O Detetive não vai achar estranho apareceres na casa dele?

- Ele sabe que eu e a Nikki somos amigas. Pelo menos acho que sabe. Se não sabe, vai ter uma agradável surpresa. Eles vivem no bairro do Goldhill Estate, numa das novas casas. Vê como um estudo, para quando construíres a nossa.

Desde que o Greg começara a aprender o ofício de construção civil na Mowbray e Filho que eu andava a desafiá-lo para um dia construir uma nova casa para nós. Podia demorar, mas estava preparada para esperar.

No dia do jantar, tive especial atenção com a maquilhagem e vesti o meu vestido largo preferido, de cor púrpura. De momento, o corte longo e cintado da moda atual claramente não era para mim, teria de esperar até ao nascimento do Feijão, mas podia ser criativa com o cabelo. Tirei três lenços do roupeiro, um púrpura, um branco e um terceiro que era um misto das duas cores. Fiz uma trança apertada com eles e coloquei o resultado à volta da cabeça, prendendo as minhas ondas rebeldes atrás da orelha e deixando a franja solta.

- Estás um borracho - disse ao Greg ao vê-lo a ajeitar o cabelo no espelho do vestíbulo. - Ainda bem que casei contigo.

- Digo o mesmo - respondeu ele.

- Em relação ao borracho ou ao casamento?

- Aos dois. A propósito, que bandolete tão estilosa. Precisas de levar alguma coisa?

- Comprei uma caixa da Milk Tray. Toda a gente adora chocolate.

- Não disseste que a única coisa que a Nikki conseguia comer eram batatas fritas com montes de sal e vinagre?

- Bem, vais ficar contente, não? - disse-lhe, espetando-lhe o dedo nas costelas.

- Tem cuidado ou eu vou fazer-te cócegas até tu e o Feijão darem cambalhotas. Um beijo ao teu marido antes de irmos?

- Claro.

Inclinei-me para ele e encostei a minha cara à dele.

- Vamos arranjar um cão - disse ele.

O meu cabelo tinha caído sobre o rosto dele, abafando-lhe a voz.

- Disseste o que penso que disseste? Um cão? De onde surgiu essa ideia?

- Estou a falar a sério. Posso levá-lo quando for trabalhar nos dias
em que estás na biblioteca. Alguns dos meus colegas têm cães, ele terá
companhia. Podes levá-lo para a casa do teu pai às terças e quintas e
o Charlie ensina-lhe as boas maneiras. Será genial!

Tinha pensado em tudo.

- Não achas que é melhor esperar até o Feijão nascer?
Habituarmo-nos a ser três antes de adicionarmos um cachorrinho
ao barulho...

- Não precisa de ser um cachorrinho, pode ser um cão mais velho
que precise de uma nova casa. Pensa nisso, pelo menos.

A moradia geminada do Frank e da Nikki era moderna e estilosa,
com mobília a condizer. Os cortinados combinavam com o papel
de parede e as almofadas com o sofá. Perfeito para uma revista, mas
sem alma. Eu preferia a minha peculiar casinha térrea sob todos os
aspetos.

Fomos recebidos à porta por ambos e depois seguimos atrás deles
através do vestíbulo até a uma sala estreita e comprida, com uma
sala de estar numa das extremidades e uma sala de jantar na outra.
A Nikki devia ter passado horas a preparar a mesa, que estava posta
para oito pessoas. Os talheres estavam a brilhar e os guardanapos,
engomados, postos em forma de leque dentro de copos de cristal
cintilantes.

O Frank pegou nos nossos casacos e foi preparar as bebidas. Era
estranho vê-lo fora de serviço. Quase esperava que ele me levasse para
um canto para me interrogar sobre a Zara. O caso ainda não chegara
ao tribunal e sentia-me bastante desconfortável ao pensar que a
determinada altura o iria ver em circunstâncias muito diferentes,
mais precisamente numa sala de tribunal.

Por enquanto, ele era todo sorrisos, tal como a Nikki, que nos
mostrou os nossos lugares à mesa. Ela incentivou toda a gente
a servir-se da fascinante disposição de cubos de queijo e ananás
em pauzinhos espetados numa toranja. Todos os casais estavam
divididos de forma a que cada pessoa ficasse sentada ao lado de um
desconhecido. Ela parecia ter o controlo total do contexto social

como se fizesse isto há anos. Muito diferente da tímida futura mãe que conhecera uns meses antes.

O Greg estava sentado à minha frente e conseguia apanhar pedaços da conversa dele com uma das vizinhas da Nikki. A mulher, que nos tinha sido apresentada como Marjorie, talvez com uns quarenta e poucos anos, tinha um ar apreensivo. Pelo contrário, o marido dela, o Patrick, tinha um semblante aberto e uma voz ribombante. O riso dele, que ouvi amiúde ao longo do jantar, era uma gargalhada profunda e contagiante. Cada vez que a ouvia não conseguia deixar de sorrir.

Os meus companheiros eram a Joanne e o Howard. Eram ambos bastante conversadores e perguntei-me se os filhos adolescentes deles também o eram, o que resultaria em refeições extremamente barulhentas na casa deles. Ou talvez os miúdos nem sequer tentassem competir. As nossas conversas passaram pelo desporto (futebol, principalmente), o tempo e planos para o Guy Fawkes, que era dali a apenas umas semanas. Como bons convidados bem comportados, evitámos prudentemente os assuntos mais delicados: religião e política.

- Os miúdos estão sempre a querer ir passear no barco - disse a Joanne.

- Têm um iate? - perguntei, tentando não parecer muito impressionada.

- Oh, não, nada tão chique! - respondeu o Howard. - É apenas um barco de pesca. Era do meu pai. Passava as férias do verão naquele barco, ou na água ou a melhorá-lo. Porém, não há esperança para os meus dois filhos. Estão sempre dispostos quando se trata de diversão, mas quando é preciso algum tipo de trabalho físico desaparecem do mapa.

Toda esta conversa sobre barcos de pesca fez-me pensar no Hugh e na Dorothy.

- Estás com um ar pensativo - disse a Joanne, passando-me o molho. - Geres a biblioteca itinerante, não é? Não vou à biblioteca há anos. A última vez que lá fui os miúdos eram pequenos. Era a Phyllis Frobisher que a geria nessa altura. Tinha sempre a sensação que iria ser repreendida se escolhesse o livro errado. *"Pense na sua leitura como alimento para a mente"*.Era o mantra dela quando eu estava na escola.

- Ela foi tua professora de inglês?

- Sim, deve ter sido professora de metade da Tamarisk Bay.

- Cresceste aqui?

A Joanne anuiu e lançou-me um olhar inquiridor.

- Por acaso não conheces a família Elm, não? Os irmãos Dorothy e Kenneth.

- O apelido soa-me familiar, mas não sei porquê. São amigos teus?

- Não, nada disso. É porque um amigo de uma amigo está a tentar reconectar-se com eles.

Ela esticou-se por trás de mim e bateu no braço do Howard.

- Howie, conheces alguém chamado Kenneth Elm?

- Queres dizer, o veterinário?

- Oh, agora me recordo! - disse ela. - Foi o Sr. Elm quem tratou da Flash quando ela teve gripe. Um tipo simpático.

Por um momento, tive vontade de abraçar o Howard para lhe agradecer ter-me dado o meu primeiro grão de informação. Em vez disso, sorri e passei-lhe o rábano.

O jantar estava mais bem preparado e apresentado do que qualquer assado que eu já tivesse feito. Provavelmente ia ouvir o Greg falar sobre o pão tipo Yorkshire durante semanas. Terminada a sobremesa, seríamos convidados a ir para a sala de estar onde iria ser servido café e rebuçados de menta.

Durante o jantar, a Nikki entrava e saía da cozinha, levando pratos sujos e trazendo pratos limpos. Enquanto isso, o Frank estava à cabeceira da mesa a falar com um dos vizinhos. Apanhei uns fragmentos estranhos da conversa, que parecia ser sobre os problemas do bairro. "Bandidos" e "vandalismo" foram mencionados, até que a Nikki lançou um olhar desaprovador na direção do marido.

Com todas aquelas idas e vindas, reparei que a Nikki mal tivera tempo de comer alguma coisa. Sem ofertas de ajuda do marido, ou de qualquer um dos outros convidados, libertei-me do Howard, quando ele estava prestes a presentear-me com a história de uma fogueira da sua infância que tinha acabado em desastre.

- Deixa-me ajudar-te - disse eu e peguei nalguns pratos.

- Não, senta-te, eu estou bem - respondeu a Nikki.

Não lhe liguei nenhuma e seguia-a até à cozinha carregada com louça.

- Pareces exausta. Eu trato do chá e do café e tu sentas-te por um bocadinho.

- Não, tu és convidada.

- E tu estás grávida de gémeos. Se não me deixas ajudar-te, então pede ao Frank.

- Ele não gosta de ser visto a fazer trabalho de mulher em frente às outras pessoas.

- Espero que estejas a brincar. Essas ideias estão mais que ultrapassadas.

- Eu não sou a favor de todo esse disparate da revolução social. Além disso, o Frank é mais velho do que eu, teve experiências diferentes. Ele lembra-se da guerra. Era apenas um miúdo, mas as memórias continuam vívidas.

Ela estava a sussurrar, com a fronte franzida.

- Então devia lembrar-se do que as mulheres conseguiram nessa altura. A mãe dele provavelmente ajudou no esforço da guerra, todas as mulheres ajudaram.

- O que quero dizer é que estou feliz com o Frank tal como ele é. Ele trabalha arduamente e é bondoso e carinhoso. Não foi fácil para ele, sabes, perder a primeira mulher como perdeu. - A Nikki corou e o lábio inferior começou a tremer quando continuou a falar. - Sabias da Lois?

- A Lois?

- A primeira mulher dele. Morreu muito jovem. Estavam casados há pouco tempo. Ele estava em frangalhos quando o conheci.

Tirou um lenço que estava preso por baixo da manga do bolero e passou-o pelos olhos.

- Peço imensa desculpa, - disse eu - não te queria transtornar.

- Não repares, são os bebés. Tomam conta do teu corpo e

transformam-te num desastre emocional. Tenho a certeza de que será mais fácil depois de nascerem.

Pegou-me no braço e levou-me até ao vestíbulo.

- Aqui está uma fotografia dela.

A fotografia a preto e branco estava emoldurada e pendurada por cima de uma mesinha de entrada. Em cima da mesinha havia cravos frescos dentro de um vaso.

- Mantemos a memória dela viva. Ela fez parte da vida dele, por isso, parece certo fazer isso. Acho que diz muito sobre o homem bondoso que ele é, lá no fundo.

A Lois era linda, com cabelo preto, figura elegante e bem vestida. Na fotografia parecia ter a mesma idade que a Nikki, mas ser mais terra-a-terra.

- Como conheceste o Frank? - perguntei.

- No supermercado, acredites ou não. Parecia tão desolado... A Lois tinha morrido há dois anos e ele ainda parecia uma alma perdida.

- Bem, bom para ti. Estou contente por as coisas terem resultado entre vocês os dois.

- Vocês as duas vão juntar-se a nós em breve?

A voz autoritária do Frank assustou-me. Estava com dificuldades em imaginá-lo como uma alma perdida, a comprar porções individuais de comida, mas servia de lembrete para o mantra do meu pai de nunca fazer suposições sobre as pessoas.

- Pensa em cada indivíduo que conheces como um diamante com muitos rebordos recortados - dizia o meu pai muitas vezes.

- E defeitos?

- Sempre.

A Nikki saiu da cozinha com um tabuleiro de madeira levando queijo e bolachas. Pensei que tínhamos passado para o café e os rebuçados de menta, mas parecia que estava adiantada. O Frank e eu ficámos por ali no corredor em frente à fotografia da Lois.

- Ela era muito bonita - disse eu. - Não sabia...

Olhou demoradamente para a fotografia e depois retirou uma pétala de cravo murcha de cima da mesinha.

- As flores delicadas são maravilhosas até que morrem - disse ele e abanou a cabeça como se a tentar afastar memórias penosas. - Como está, Sr.ª Juke?

- Muito bem, obrigada. Janie, por favor.

- A assentar na vida de casada? E a biblioteca? O que irão fazer sem si depois de ter o bebé?

- Oh, haveremos de encontrar uma solução. Não quero deixar de trabalhar, gosto do que faço.

- A conversa que estava a ter com o Howard e a Joanne era aleatória ou está a seguir uma linha de investigação? Há alguma coisa que me queira dizer?

Lembrei-me daquela noite no Café do Pontão e no polícia que parecia ter um grande interesse no Hugh. Hesitei por um momento, muito tentada a pedir-lhe conselhos.

- Trabalho e maternidade não combinam, pelo menos é a minha opinião - disse ele. - Mas, vai daí, sou antiquado, como diz a minha mulher.

- E vão ter gémeos, isso é fantástico.

Ele sorriu, anuindo, e depois juntámo-nos aos outros. Até ao final da noite, não prestei atenção às conversas. Só pensava no Hugh. Tinha a minha primeira pista agora que sabia onde encontrar o Kenneth Elm. No entanto, apesar de todas as minhas perguntas e de todas as explicações dele, havia ainda uma informação que o Hugh me omitia. A Dorothy estava em perigo e eu precisava de saber porquê.

CAPÍTULO 7

Já tinha ido umas duas vezes ao Crossland Vets com o meu pai e o Charlie, mas costumava ficar na sala de espera enquanto o meu pai ia à consulta. Por isso, nunca falei com nenhum dos veterinários. Estava na altura do Charlie levar a vacina anual, o que me dava a oportunidade perfeita para recolher o meu primeiro elemento de prova.

Quando telefonei para marcar a consulta, a rececionista informou-me que a consulta seria com o veterinário de serviço, portanto, só podia fazer figas. Ao chegar ao veterinário com o Charlie, olhei para os nomes listados no quadro e lá estava ele, o irmão da Dorothy, o Sr. Kenneth Elm. Tinha estado ali aquele tempo todo.

- Quem vai ser o veterinário? - perguntei à rececionista.

- Hoje o veterinário de serviço é o Sr. Carruthers.

- OK, obrigada. E o Sr. Elm?

- O Sr. Elm?

- Sim... hum... ele está de serviço hoje?

- A sua consulta é com o veterinário de serviço. O Charlie é um dos pacientes do Sr. Elm?

Claramente que os requisitos para uma rececionista de um veterinário não eram diferentes dos de um médico, isto é, a capacidade de proteger os profissionais daqueles que estão ali a fazê-los perder tempo. Após uma curta espera, fomos chamados por um homem que podia facilmente conseguir um trabalho temporário como Pai Natal. A barba era tão branca e fofa que tive um estranho impulso de a puxar para verificar se era verdadeira.

- Bom dia, sou o Sr. Carruthers - disse ele, dando indicação para que o Charlie subisse para a maca de exames. - Ah, acho que isto vai ser difícil - comentou, olhando para a minha barriga de grávida.

- Não tenho a certeza se alguma vez o teria conseguido levantar, mas de momento, não, definitivamente não.

- Não se preocupe. É Charlie, não é?

Agradeci-lhe e segurei o Charlie enquanto ele levava a injeção na parte de trás. O Charlie resmungou um bocado, mas, depois de comer uns biscoitos, qualquer desconforto passou a ser uma memória distante.

Estávamos de saída quando me lembrei da outra razão da minha visita.

- Posso pedir-lhe um conselho? - perguntei.

- Sobre o Charlie?

- Não, sobre outra coisa. O meu marido sugeriu que arranjássemos um cão.

- Outro?

- Não, o Charlie é o cão do meu pai.

- Sim, sim, claro - disse ele, mexendo numas embalagens numa prateleira atrás dele. Perguntei-me o que precisava de fazer para ter toda a atenção dele.

- Vou ter um bebé - disse eu, colocando a minha mão por cima da minha barriga de grávida.

O truque resultou pois ele afastou-se da prateleira que o absorvia e virou-se para mim.

- O meu marido sugeriu que arranjássemos um cão - repeti. - Queria saber se tem algum conselho sobre isso.

Ele semicerrou os olhos, indicando que estava com dificuldades em compreender o que eu queria dizer. Naquele instante, era claro que não estávamos a falar a mesma língua, embora estivéssemos os dois a falar inglês.

- Bebé e depois cão ou cão e depois bebé... há alguma ordem de eventos recomendada, de acordo com a sua experiência? - perguntei.

- Oh, estou a ver, sim, claro. Lamento, Sr.ª Juke, não tenho qualquer conselho para lhe dar. Há muitos fatores a considerar, por exemplo, a sua rotina diária. Como irá lidar se tiver um bebé com gripe e um cachorrinho travesso? Depois, tem de cuidar do seu marido, preparar as refeições, fazer trabalho doméstico, e por aí adiante.

- Sim, - disse eu - bem, obrigada, já tomei demasiado do seu tempo. Anda, Charlie, temos de ir para casa tratar das tarefas domésticas.

Não valia a pena tentar explicar ao amável Sr. Carruthers o quão longe a minha vida estava daquela que ele imaginava.

Uns dias mais tarde, estava novamente com o Charlie, mas num sítio completamente diferente. A conversa do Howard e da Joanne sobre o barco de pesca, pouco tempo depois de ouvir as memórias do Hugh do tempo da guerra, inspiraram-me a fazer uma sugestão ousada ao meu pai. A paixão do meu pai sempre fora o mar e tudo o que vivia dentro ou perto dele, mas, como perdera a visão, expedições piscatórias não figuravam propriamente na lista de coisas a fazer. Porém, quando o Howard e a Joanne me disseram que ficariam encantados de me emprestarem o barco por um dia, achei que era uma oportunidade demasiado boa para ser desperdiçada. Tinha de admitir que era uma das ideias mais loucas que já tivera e fiquei surpreendida por o meu pai ter concordado.

Consegui colocar toda a gente dentro do barco sem ninguém cair à água, o que em si já era um pequeno milagre. Porém, ao libertar a corda e empurrar o barco do cais, tinha de admitir que fui assaltada por dúvidas.

- Aqui estamos nós, um cego, a sua filha grávida e um cão, que aparentemente tem medo da água - disse o meu pai, mantendo-se o mais quieto possível enquanto o mar se revolvia à nossa volta. - A acrescentar a isso, decidimos ter esta aventura durante o inverno.

- Não, ainda é outono. O inverno oficialmente só começa a 1 de dezembro. Não sei porque é que não pensei nisto há anos, embora suspeito que ter acesso a um barco fosse o maior obstáculo - disse eu com segurança.

- Consigo pensar em obstáculos maiores - disse ele a sorrir. - O maior deles neste momento é o barulho que o Charlie está a fazer. Nunca o tinha ouvido a ganir desta maneira. Tens a certeza que não pisou numa farpa?

- Só está a ser um gato com medo da água... Neste caso, um cão.

O meu pai tinha razão. O tempo não era o ideal e tinha de admitir que não tinha visto a previsão meteorológica. No entanto, tinha levado um termo com café e estávamos bem agasalhados.

- Não precisamos de ir muito longe nem durante muito tempo. Afastamo-nos da margem e depois eu lanço a âncora e ficamos protegidos neste pequeno porto. Ficamos a saber como é e mais tarde podemos voltar, num dia mais calmo.

A imagem que tinha de eu e o meu pai a relaxar enquanto o barco balançava, com uma linha de pesca na água e o Charlie esticado aos nosso pés, acabou por ser só isso: uma imagem. Não me apercebi de que não percebia nada sobre como colocar o isco ou atirar a linha. O meu pai foi dando instruções, mas tudo o que consegui foi emaranhar a linha e derramar a caixa de iscos no chão do barco. O Charlie aproveitou imediatamente para almoçar mais cedo.

- Não, Charlie, isso não presta, deixa isso! - gritei, mas ele já tinha uma mão-cheia de isco na boca e parecia vagamente feliz consigo mesmo. - Oh, bolas, isto está a tornar-se numa comédia de imensas proporções. Só falta um de nós cair ao mar e teremos o dia perfeito.

Eu e o meu pai desatámos a rir e, nesse momento, comecei a soluçar entre as gargalhadas, o que fez com que me risse ainda mais.

- Para, não consigo respirar - disse eu enquanto me corriam lágrimas pelo rosto, que se juntavam ao sal trazido pelo vento.

- Pensei que tinhas soluços quando estavas ansiosa.

- Sim, bem...

Não consegui dizer mais nada porque os soluços tomaram completamente conta de mim. Ia levantar-me, pensando que o movimento podia ajudar a acalmar os protestos do Feijão, e foi então que o Charlie vomitou.

- Oh, não!... - disse eu quando esta catástrofe final confirmou que o dia iria ser memorável. Memorável pelas razões erradas.

- Ele está bem, Janie?

- Er, bem, deitou o isco cá para fora, que é melhor do que ter ficado lá dentro, mas está definitivamente pálido.

O Charlie estava encolhido aos pés do meu pai, a gemer lentamente e com ar abatido.

- Não deve ser nada de grave ou estaríamos a envenenar os peixes em vez de os pescar, mas acho que é melhor ir ao veterinário quando chegarmos a terra firme - disse o meu pai.

A minha segunda visita ao veterinário na mesma semana era fortuita, ou seria se tivesse resultado num encontro com o elusivo Sr. Elm. Acabei por descobrir que a vida não é nada perfeita, embora alguns dias esteja perto de o ser.

Fui com o Charlie a uma consulta de urgência. Não era preciso marcar, apenas ter uma grande dose de paciência. Havia dois coelhos, um gatinho e um porquinho-da-índia à nossa frente. Um velho São Bernardo estava a pagar a conta, ou melhor, o dono dele.

Por cima da receção estava o nome dos dois veterinários de serviço: o Sr. Carruthers e o Sr. Elm. Podia ser atendida por qualquer dos dois, por isso, mais uma vez, só podia fazer figas. A dona do gatinho estava sentada ao meu lado e colocou a transportadora no chão ao lado do Charlie.

- Estou impressionada, o seu cão porta-se muito bem - disse ela

- Tem dias.

- A maioria dos cães rosna para a Chintzy e dão-lhe um susto de morte.

- Tenho a certeza de que ela saberá responder à letra quando for mais velha.

- Não, ela é demasiado tímida. Nem vai para o jardim sozinha à noite, tenho de ir com ela.

- Animais de estimação, ei? - disse eu, à falta de uma resposta melhor. - O Charlie gosta de gatos. Não sei se sabe que não é suposto. Na verdade, ele gosta de todos os animais. Uma vez, estava curioso com um ouriço que encontrou no jardim até se aproximar demasiado e acabar com o focinho magoado.

Ela riu-se e deu uma festinha ao Charlie. Nessa altura, a Chintzy começou a miar.

- Ciúmes? - perguntei.

- Sr.ª Baker, pode trazer a Chintzy, por favor - chamou um dos veterinários e a gatinha e a sua dona seguiram-no até ao consultório. Uns segundos mais tarde, o pseudo Pai Natal chamou-nos.

- E o que é que o Charlie andou a fazer? - perguntou o Sr. Carruthers.

- Levámo-lo à pesca e ele não percebeu que o isco era para os peixes.

- Vomitou?

- Umas duas vezes.

- Comeu alguma coisa desde que engoliu o isco?

- Não, mas bebeu imensa água. Parece que ficou com uma sede insaciável.

- Bem, isso não é mau. Lavou tudo, por assim dizer.

O veterinário passou algum tempo a apalpar o abdómen do Charlie e depois auscultou-lhe o coração.

- A experiência não lhe fez mal. Acho que ele vai ficar bem. Provavelmente livrou-se de tudo quando vomitou. Sem danos, apenas um pouco indigesto. Mas fez bem em trazê-lo cá. Mantenha-o debaixo de olho durante as próximas vinte e quatro horas e, se ficar preocupada, venha cá novamente.

Depois de pagar a conta, sentei-me numa paragem de autocarro e tirei o caderno do saco. Quando o Sr. Elm levou a encantadora Chintzy para o consultório, consegui ver bem a sua aparência de forma a poder reconhecê-lo. Então, decidi fazer algumas notas para não me esquecer.

Cabelo preto e curto, sobrancelhas farfalhudas. Óculos de armação escura. Rosto angular com um queixo protuberante e olhos profundos. Alto, talvez um metro e oitenta, constituição média, ombros descaídos para a frente. Na casa dos quarenta anos?

Devolvi o Charlie ao meu pai e informei-o sobre as indicações do veterinário.

- Não sei se será fácil mantê-lo debaixo de olho... - disse o meu pai a sorrir.

- Tu vais saber se ele não estiver bem. Vocês os dois estão em grande sintonia. Mas podemos ficar sem pescar durante algum tempo.

- Isso foi a melhor coisa que disseste o dia todo.

Na manhã seguinte, quando cheguei ao parque de estacionamento da Biblioteca Central para ir buscar a carrinha, contava ver o Hugh Furness à minha espera. Em vez disso, a Libby andava de um lado para o outro, a olhar para o relógio a cada segundo.

- Oh, chegaste, finalmente - disse ela.

- Não estou atrasada, pois não? Qual é o pânico?

- Nada, é que sou eu quem vai chegar atrasada se não me despachar. Mas tinha de falar contigo para te contar sobre a minha ideia brilhante.

- Que ideia brilhante?

- Já sei como podemos trazer a tua senhora misteriosa para fora do seu esconderijo.

- Sabes?

- Bem, talvez ela não saia do esconderijo, mas aposto que vamos conseguir algumas pistas que nos vão ajudar a ficar mais próximas de a encontrar. Não posso explicar isso agora. Podemos encontrar-nos no Jefferson à hora do almoço?

- Normalmente não vou almoçar.

- Vinte minutos, é tudo o que preciso.

- OK, vemo-nos lá. Agora despacha-te antes que sejas despromovida.

A manhã arrastou-se embora tenha havido bastantes clientes. Pensei numa variedade de hipóteses para o grande plano da Libby. Se a ideia brilhante dela incluísse o Tidehaven Observer, então tínhamos de ter cuidado. O Hugh tinha dito que a Dorothy podia estar em perigo e a última coisa que queria era tornar a sua localização pública, não fosse as pessoas erradas a poderem encontrar. O problema é que, de momento, não sabia quem eram as pessoas erradas.

Finalmente a hora de almoço chegou. Incentivei o último dos meus clientes matinais a ir-se embora antes de fechar e colar na porta uma nota escrita à mão:

Fechado para almoço até às 13h30

Caminhei o mais rapidamente que o Feijão me permitiu, seguindo todos os atalhos. Cheguei ao Jefferson e vi a Libby já sentada numa mesa à janela.

Tamarisk Bay não é nem uma aldeia nem uma grande cidade, é algo intermédio. Por ter vivido aqui a minha vida inteira, havia muita coisa que tomava como garantida. Agora, tendo como palavra de ordem a observação atenta, testava-a cada vez que andava por uma rua familiar. Quando um novo residente fazia alterações no jardim da frente ou uma carrinha de entregas estava estacionada num sítio reservado para os táxis locais, eu fazia uma nota mental. Nos cruzamentos das ruas principais havia caminhos e becos, atalhos perfeitos para os locais fugirem ao trânsito. A delicada folhagem cor de rosa dos arbustos de tamargueiras, que davam nome à cidade, faziam a fronteira entre os passeios e os jardins traseiros das casas, proporcionando-lhes privacidade. À medida que o outono se ia instalando, muitos dos arbustos eram fustigados pelo vento que soprava forte pelos becos. Seria já primavera quando os novos rebentos começassem a emergir e, nessa altura, esperava estar a empurrar o maravilhoso novo carrinho de bebé com o Feijão lá dentro.

- Vá lá, desembucha - disse eu quando já tínhamos o café à nossa frente.

- O teu novo caso é encontrar uma mulher, certo?

- Sim... - respondi, esperando que ela detetasse a precaução na minha voz.

- E esse fulano, o Hugh Furness, conheceu-a durante a guerra.

- Foi isso que ele disse, sim.

- Bem, estava a pensar que o jornal podia fazer uma reportagem especial a lembrar esses tempos. O Remembrance Sunday, o dia em que recordamos os que morreram nas Grandes Guerras, está aí ao virar da esquina. O meu editor vai adorar a ideia, ele adora a história local. Anunciamos com antecedência e pedimos às pessoas que nos enviem histórias sobre a sua vida durante o período da guerra, coisas boas e coisas más.

- Coisas boas e coisas más?

- Bem, nem tudo era triste e sombrio. A minha avó diz que a guerra uniu as pessoas, eram todos por um e um por todos.

- Não tarda nada estás a cantar uma das músicas da Vera Lynn, a famosa cantora dessa época.

- Sou ou não sou brilhante?

- És brilhante, sim. Só uns pequenos detalhes.

- Não te ponhas a ser pragmática e a deitar água fria para cima da minha ideia.

- Temos de assumir que a Dorothy não quer ser encontrada, portanto, porque havia de enviar uma história? Podemos acabar por ter uma maravilhosa reportagem de duas páginas sobre o tempo da guerra em Tamarisk Bay e não ficarmos mais perto de a encontrar.

- Eu sei e pensei nisso. Cada pessoa que enviar a sua história é um novo contacto para ti. Essas pessoas podem ter conhecido a Dorothy, são da mesma idade. Podes conseguir extrair alguma informação. Não é isso que o Poirot faz, concentrar-se nos pormenores?

- Aposto que nunca leste um livro da Agatha Christie na tua vida.

- É um palpite informado. De qualquer das formas, não temos nada a perder. Entretanto, precisas de te encontrar com o Hugh e descobrir mais sobre esse possível perigo sob o qual está a Dorothy. Como é que ele sabe isso? Ele deve ter estado em contacto com ela recentemente, não deve? Nesse caso, deve conhecer algum meio de a contactar. Já lhe perguntaste?

- Eu sei e pensei o mesmo.

- É como se ele só te estivesse a contar metade da história. Precisas de ser mais firme com ele, Janie. Posso tentar falar com ele, se quiseres. Tens sorte, sabes, de teres uma jornalista de investigação na tua equipa.

- Deixa-me tentar primeiro e se não conseguir fazer com que fale eu dou-te rédea livre, mas lembra-te de não intimidares o pobre homem.

- Mal posso esperar - disse ela e piscou o olho.

CAPÍTULO 8

QUANDO VI O HUGH de novo, estava preparada para o interrogar. Porém, antes que conseguisse dizer alguma coisa, ele levantou uma mão para me silenciar.

- Estou a ser seguido - disse ele e teve um ataque de tosse. Os olhos ficaram enevoados e a cara pálida. Esperei que parasse de tossir e que recuperasse o fôlego antes de falar.

- Tem a certeza?

- Há vários dias, já. Todas as noites saio do meu alojamento e vou até à beira-mar. Gosto de esticar as pernas depois da hora do chá para apanhar a brisa do mar.

Acenei com a cabeça e esperei que continuasse.

- Na primeira vez não pensei muito sobre isso. Achei que fosse alguém que estava a seguir o mesmo caminho que eu. Porém, no segundo dia, quando saí do alojamento, reparei no mesmo homem. Estava parado no outro lado da rua a olhar para a casa de hóspedes. Assim que saí, ele virou-se e acendeu um cigarro.

Até essa altura, tudo o que o Hugh me estava a contar levava-me a pensar que ele era um pouco paranóico.

- Decidi alterar o percurso - continuou - e de vez em quando voltava-me para trás para ver se ele ainda vinha atrás de mim. E lá estava ele.

- Pode descrevê-lo? Não é polícia, não?

- Não, porque é que pergunta isso?

- Por nada de especial. Então, como é que ele era?

- Mais ou menos da minha altura, com uma gabardine escura e sem chapéu.

- E o rosto, conseguiu ver-lhe a cara?

- Estava bastante longe, por isso não consigo descrever o rosto, mas tinha a barba feita e usava óculos. Óculos de armação escura. Porque é que ele me está a seguir? Qual é a intenção dele?

- Não consigo imaginar. Tem a certeza de que não é apenas coincidência? Muitas pessoas gostam de caminhar ao fim da tarde. Pode não o estar a seguir de todo. Tinha um comportamento que pudesse ser considerado ameaçador?

- Ele sabe que eu o vi. Não saí duas noites seguidas e pensei que talvez ele se fartasse de esperar e desistisse. No entanto, quando saí novamente, lá estava ele.

- Percebo que possa ser desconcertante para si. Deixe isso comigo. Continue a fazer a mesma coisa, não mude a rotina. Tenho uma ideia.

Se o meu plano resultar, o Hugh irá ter mais do que um seguidor.

- Talvez saia esta noite - disse ao Greg durante o jantar.

- Vais a casa do teu pai?

- Não, talvez me vá encontrar com a Libby, ela não tem nada para fazer.

- Não é definitivo?

- Ela é capaz de vir cá ter depois de ir a casa da Phyllis, mas não sei a que horas. Depois, talvez vamos dar uma volta de carro. Tu provavelmente vais até ao pub para o teu jogo de dardos, não?

- OK, mas se levares o carro concentra-te na condução. Sei como vocês são quando começam a conversar.

- Diverte-te, Janie - disse eu mordazmente.

- Sim, diverte-te, mas tem cuidado.

- Três dias por semana conduzo uma carrinha de sete toneladas e meia... Acho que consigo dar conta de um Morris Minor, não achas?

A Libby chegou pouco depois do Greg sair e assim que entrámos no carro ela agarrou-me o braço.

- Notícias fantásticas! O meu editor diz que, desde que seja eu a ler as cartas, podemos fazer a reportagem especial. Oh, e a seleção tem de ser feita no meu tempo livre. Ele acha que vai haver uma avalanche de cartas, penso eu.

- Perfeito. Eu ajudo.

- Podemos ver se há alguma coisa relevante para o caso da mulher desaparecida, algo que talvez não seja adequado para artigos de jornal, se estás a perceber o que quero dizer?...

- Queres dizer, contactar a pessoa que escreveu a carta antes de outra pessoa qualquer?

- Exactamente.

Já estava escuro quando partimos, pois o sol tinha-se posto às seis da tarde. Sem a luz do dia, as observações iam ser mais difíceis. Também significava que não podíamos usar a minha câmara Instamatic, pois o flash iria atrair atenções indesejadas quanto à nossa presença.

Fomos até ao fundo da First Avenue e estacionámos num lugar à beira da estrada. Dali podíamos facilmente ver a porta do alojamento do Hugh bem como alguém que andasse pela rua. A alguns metros do estacionamento, em frente à casa de hóspedes, havia uma paragem de autocarro. A paragem estava tapada com painéis de madeira em ambos os lados, por isso, era impossível ver se estava alguém lá dentro a não ser que saíssemos do carro. No entanto, conseguia ver umas pernas estendidas na direção da berma.

Passados uns minutos, a porta do alojamento abriu-se e o Hugh saiu. Olhou para um lado e para o outro e depois virou à direita e encaminhou-se lentamente em direção à beira-mar. Uns instantes depois, a pessoa que estava sentada na paragem do autocarro levantou-se e começou a seguir o Hugh. Agora que estava à vista, conseguia ver que era alto, ligeiramente curvado e vestia uma gabardine. Porém, era tudo o que conseguia ver de onde estávamos estacionadas.

- E agora? - perguntou a Libby.

- Vamos esperar um pouco e depois conduzimos devagar na mesma direção.

- Mas, se não conseguimos ver a cara dele, continuamos sem saber quem ele é.

Conseguia adivinhar o percurso do Hugh pela First Avenue, depois à esquerda pela North Street até entrar na Washington Road para finalmente chegar à beira-mar. Esperámos um pouco antes de conduzir pela First Avenue, onde vimos o desconhecido à nossa frente a andar ao mesmo ritmo que o Hugh. Encostei à berma da estrada e vi-os ambos a dobrar a esquina para a North Street e desaparecerem de vista.

- Tive uma ideia - disse a Libby. - E se conduzíssemos à frente deles? Assim podíamos ver a cara do homem quando ele viesse na nossa direção.

- É um risco. Eles podem virar para uma rua diferente e depois podemos perdê-los.

- Vale a pena o risco?

Anuí e seguimos, passando pelo desconhecido e pelo Hugh. Depois, estacionámos em frente a umas lojas.

- E que tal se eu saísse do carro e esperasse numa das portas de entrada e tu esperasse dentro do carro? - sugeri à Libby. - Assim conseguimos cobrir dois ângulos possíveis.

- E a câmara?

- Acho que é melhor não arriscar. O flash vai denunciar-nos. Vamos apenas usar os nossos poderes de observação atenta - disse eu e pisquei-lhe o olho.

- Consigo perceber porque é que gostas desta brincadeira de investigação amadora, é divertido!

- Não é suposto ser divertido. Estamos a fazer um trabalho sério.

Assim que saí do carro, o vento levantou-se e puxou-me o cabelo. Fiquei contente por a minha bandolete o impedir de me tapar os olhos. O Hugh dobrou a esquina para a Washington Road, mas tive a certeza de que ele não me vira. Ia de cabeça baixa e de vez em quando olhava para trás. Escondi-me à porta da banca de jornais Billy. O Hugh atravessou a estrada e passou pela porta da loja sem sequer olhar na minha direção. De seguida, ouvi os passos do desconhecido que se aproximava. Mesmo antes de ele chegar até mim, saí do meu esconderijo e caminhei na sua direção.

- Oh, lamento, não me apercebi... - disse eu, olhando diretamente para alguém que reconheci. Nunca tínhamos sido apresentados, mas eu sabia quem era aquele homem. Eu sabia porque o já o vira antes, no veterinário. O misterioso desconhecido que seguia o Hugh era o Sr. Kenneth Elm.

Quando regressei ao carro e informei a Libby da minha descoberta, ela ficou com um ar desapontado. Claramente queria ter sido ela a resolver o mistério do seguidor elusivo do Hugh. Conduzimos de volta ao Jefferson para refletir sobre as nossas descobertas. Nessa noite, o café estava a abarrotar e a música muito alta. Era como entrar numa discoteca, mas, em vez de uma pista de dança, havia umas vinte mesas cheias de gente. Era óbvio que o Richie precisava de ajuda nas noites mais movimentadas, mas o fulano que se aproximou da nossa mesa era uma cara nova e vi pela expressão da Libby que ela tinha ficado pelo beicinho.

- Bolas, - disse ela quando ele se foi embora com o nosso pedido - que borracho.

- Não é mau de todo, mas não é o meu tipo.

- Ainda bem, considera-o tomado. Além disso, tu estás bem e verdadeiramente resolvida. Como vai o teu marido? Disseste-lhe o que andas a fazer?

- Ainda não, mas vou dizer-lhe. Estou a aguardar pelo momento certo.

- Talvez não haja um?... Bem, o que aconteceu com o Kenneth? Ele disse alguma coisa?

- Não, apenas murmurou uma desculpa e continuou a andar.

- Será que ele vai achar estranho tu andares escondida à porta das lojas num sábado à noite?

- Podia ter terminado o inventário.

- Tens uma imaginação fértil. Deve ser de todos os policiais que passas a vida a ler. Então, conhece-lo?

- Não, viu-o no veterinário quando levei o Charlie lá, mas nunca falei com ele.

- Porque é que ele está a seguir o Hugh?

- Deve saber que o Hugh anda à procura da Dorothy. Talvez a esteja a proteger, talvez ela esteja escondida na casa dele?

- Porque é que ele não confronta o Hugh? É estranho... Porque é que ele continua a segui-lo noite após noite? Deve ter percebido que o Hugh o viu. Ele não é lá muito discreto. Há outra coisa, Janie.

- O quê?

- O Hugh disse-te que a Dorothy está em perigo. E se é ele o perigo?

- Quem, o Kenneth?

- Não, tonta. Quero dizer, e se a verdadeira razão porque o Hugh quer encontrá-la é porque a quer confrontar por causa de alguma coisa, não porque esteja de todo preocupado com ela. Talvez seja por isso que mantém a boca fechada e porque o Kenneth o está a seguir.

- Vou falar com o Hugh e dizer-lhe o que descobrimos, ver o que ele diz.

- Depois, diz-me.

- Não te preocupes, eu digo-te.

Quando o Hugh entrou na biblioteca no dia seguinte tinha um ar esperançoso.

- Resultou? - perguntou. - O seu plano de me seguir. Descobriu quem me está a perseguir?

- Sente-se um pouco.

Fui buscar uma cadeira extra que tinha atrás do balcão, desdobrei-a e fiz um gesto a indicar que se sentasse. Ele abanou a cabeça.

- É o Kenneth, o irmão da Dorothy - disse, observando-lhe o rosto para ver a reação dele.

Virou-se de costas e foi até ao fundo da carrinha como se estivesse a pôr os pensamentos em ordem antes de responder.

- Pensei nisso - disse ele.

- Porque é que ele o está a seguir? Tem alguma ideia? Porque é que ele simplesmente não vai falar consigo?

Ele não respondeu, mas a seu expressão mostrou desconforto.

- Hugh, disse que a Dorothy está em perigo. É claro que o irmão a quer proteger. Agora que sabe quem ele é e onde o pode encontrar, porque é que não vai falar com ele? Conte-lhe as suas preocupações e diga-lhe para a avisar sobre o que quer que seja que o esteja a assustar. Não será o melhor caminho a seguir?

- Não percebe, é mais complicado do que isso - respondeu ele.

- Não o posso ajudar se não for honesto comigo, se não me disser a verdade. Está a dizer-me a verdade?

Ele observou-me o rosto como se a tentar decidir o que dizer a seguir.

Antes de ele falar, eu disse:

- O Tidehaven Observer concordou em fazer uma reportagem especial, incentivando as pessoas a escreverem para lá sobre as suas experiências durante o período da guerra. Nós pensámos que podia ajudar a trazer a Dorothy para fora do esconderijo, ou pelo menos ter contacto com pessoas que a conheceram.

- Nós?

- Tenho uma amiga que trabalha no jornal local e está a ajudar-me. Mas preciso de muito mais informação da sua parte, Hugh. Se quer que eu tenha êxito, tem de me dizer o que sabe.

Antes de ele conseguir responder, a porta da carrinha abriu-se e a Ethel Latimer, a mãe do menino asmático, entrou.

- O Bobby não está melhor - disse ela, aproximando-se do balcão. - Está tão mal que temos de ficar com ele a noite toda.

Parecia alheada do facto de o Hugh estar ali, de boca aberta, pronto para me dizer o que eu precisava de saber.

- Lamento sabê-lo - disse eu, interrogando-me onde estaria o Bobby enquanto a mãe andava à procura de livros.

- Deixei-o com uma vizinha - disse ela, lendo os meus pensamentos. - Tive de vir cá, mesmo que seja mais longe para mim quando está estacionada na Milburn Avenue. Não sei o que tinha na cabeça quando vim cá na última vez, pois não troquei o livro do meu marido. É importante que ele tenha um livro para ler.

Um monte de perguntas surgiram-me na cabeça. Deveria o marido dela esperar que ela fosse trocar um livro na biblioteca se isso significasse deixar o pobre Bobby com uma vizinha? Ela continuava a falar, mas eu tinha deixado de a ouvir. Precisava de me concentrar. Talvez o Feijão estivesse a afetar a minha concentração, além da digestão. A Sr.ª Latimer gosta de conversar, mas as conversas muitas vezes levam a coscuvilhices e as coscuvilhices podem ser um perigo ao pensamento objetivo. Levei-a até à prateleira dos livros de ação, na esperança de voltar a falar com o Hugh em paz, mas quando me voltei para trás ele tinha desaparecido.

CAPÍTULO 9

Os LIVROS NA BIBLIOTECA itinerante mudam a cada dois meses. Os clientes fazem os seus pedidos e alguns livros são trocados na Biblioteca Central enquanto outros são comprados. No dia da troca de livros, vou à Biblioteca Central no início do meu turno e, com a ajuda do porteiro, carrego as caixas com os novos livros para a carrinha. Ao longo do dia, durante os períodos mortos, vou reorganizando as prateleiras, retirando os livros menos populares e fazendo espaço para os novos.

O lote de livros deste mês incluía algumas delícias para mim, com dois novos livros da Agatha Christie mais o "Missão na Jugoslávia" do Alastair McLean, que tinha a certeza que o Greg iria adorar. Estava a organizar as prateleiras dos policiais quando ouvi uma voz familiar.

- Tenho uma coisa para te mostrar - disse a Phyllis, pousando o saco das compras no balcão. - Oh, excelente, livros novos! Alguma coisa que me possa interessar?

- Dá uma vista de olhos, mas não podes ficar com o da Agatha, pelo menos até eu o acabar de ler.

- Nem me passaria pela cabeça tirar-to. Imagino que precises de todos os bocadinhos do génio do Poirot para te ajudar com o teu novo caso. Suponho que o tenhas aceitado, apesar de tudo...

- Esse "tudo" quer dizer o Greg e o Feijão? - O tom mordaz da minha voz não lhe deve ter passado despercebido. - Vi um carrinho de bebé lindo.

- Ah, um bom incentivo, então. Anda aqui e olha para isto. Encontrei uma fotografia.

Ela tirou um envelope do saco e deu-mo. Retirei a fotografia a preto e branco e coloquei-a sob a luz do candeeiro de secretária.

- Kenneth Elm?

- Bem visto! Quando falaste do pai com bronquite, fez-me lembrar algo. Tenho fotografias das várias turmas, mas, para ser completamente honesta contigo, os nomes e as caras já se começam a misturar. Envelhecer não tem piada nenhuma, sabes?

- Tretas, tu ainda és uma jovem.

- Bem, fui buscar a minha caixa de fotografias ao sótão, vasculhei por entre elas e aí está!

- Preciso de uma lupa.

- Sei que a foto não é grande coisa. Foi uma das professoras que a tirou com a sua câmara Brownie. É de uma peça de teatro da escola. Incentivámos o Kenneth a participar. Não era uma criança muito confiante. Ficou com um papel menor. O pai foi ter comigo no final para me perguntar se ele tinha potencial.

- Para ser ator?

- Tive de o desiludir gentilmente.

- Era um bom aluno?

- Mediano, se bem me lembro. Mas era interessado e muito educado.

- É veterinário, agora.

- Pensei que não sabias nada dele...

- Sim, bem, não sabia, mas quando fui com o Charlie ao veterinário em vez do meu pai, lá estava o nome dele no quadro.

- Já o conheceste?

- Não, esse é o desafio seguinte.

Não era a altura certa para lhe contar sobre perseguições à luz do luar.

- Então, a minha fotografia não ajuda?

- Claro que ajuda! Tudo ajuda. Pode dar algum contexto. Sabes o que o Poirot diz: "*Acautele-se! Ai do detetive que diz: «É muito*

insignificante... não tem importância. Esse é o caminho para a
confusão! Tudo tem importância."

- Bom para o Poirot. Portanto, ele é veterinário... Bem, deu-se
melhor na vida do que eu teria imaginado.

- E a irmã dele? Ela não estava na mesma escola? Chama-se
Dorothy, é uns dois anos mais velha que ele.

- Lamento, mas não, não me parece. Agora que me lembrei do
Kenneth, tenho a certeza de que me lembraria se tivesse conhecido
a irmã. Devia andar na escola secundária. O que é isto? - perguntou,
olhando para o poster da Libby. Tinha-o afixado no quadro de
cortiça ao lado do balcão. A Phyllis leu-o em voz alta.

O Tidehaven Observer celebra o passado.
Prepare-se para o Remembrance Sunday
partilhando connosco histórias do período da guerra.

As melhores histórias serão publicadas
numa reportagem especial de duas páginas no dia 6 de
novembro.
Ficamos a aguardar a sua!

- Foi ideia da Libby - disse eu.
- Para ajudar com o teu caso?
- Er... sim, mais ou menos.
- Hum - foi tudo o que disse e fiquei na dúvida se o silêncio dela
significava desaprovação ou se ela estava tão curiosa quanto eu para
saber mais sobre a família Elm.

Nos dias em que estou com o meu pai, verifico o correio, que
normalmente inclui contas para pagar e, de vez em quando, um
cartão de agradecimento de um paciente. Embora ele não possa ver,
eu fiz uma espécie de montagem com os cartões que ele foi recebendo
ao longo dos anos. Era uma estratégia de relações públicas, embora
ele não precisasse de marketing ou de promoção. A lista de espera
falava por si.

No entanto, hoje havia uma surpresa entre o monte de cartas caídas no tapete da entrada.

- Ei, pai, grande novidade! Recebemos um postal da Tia Jessica!

- Excelente. Onde está ela? O que é que ela diz?

O postal tinha um selo italiano e uma frase na parte da frente dizia *"Saluti da Roma"*. A imagem estava dividida em quatro fotografias: o Coliseu, a Basília de São Pedro, a Fonte de Trevi e as Escadarias da Praça da Espanha.

- Viva! Ela vem visitar-nos! Ouve isto - disse e comecei a ler o texto em voz alta: -

"Queridos Philip e Janie, já está mais que na altura de pormos a conversa em dia e, como não é muito fácil vocês virem ter comigo, parece que eu terei de enfrentar o inverno inglês e ir até Tamarisk Bay. Pensei que podíamos passar o Natal juntos. O que acham? Escrevam para Ufficio Postale, Piazzale Orazio, Anzio e digam-me. Beijinhos, Jessica."

- Bem, isto é inesperado!

- Tu não achas que ela está com um problema, pois não? Será por isso que ela precisa de voltar?

- Ela não vai voltar, ela vem visitar-nos no Natal. Vai ter uma grande surpresa quando vir a tua barrigona.

A Tia Jessica chegou-se à frente quando a minha mãe se foi embora e nós os três passámos nove anos felizes juntos. Depois, quando eu já tinha idade suficiente para tomar conta de mim própria e do meu pai, ela decidiu deixar-nos. Desde então, tem viajado pela Europa, enviando-nos postais regulares e fazendo-me inveja.

- Achas que ela ficará até o Feijão nascer? - perguntei.

- Um passo de cada vez, querida. Já te conheço. Aposto que já estás a planear convidá-la para ser madrinha. Não tenhas muitas expectativas, ou acabarás desapontada.

- Pensa só o quão fantástico vai ser, pai. Temos anos para pôr em dia. Ela pode ficar connosco ou talvez queira ficar aqui contigo. Oh, Meu Deus, acabei de me aperceber de que ela ainda nem conhece o Greg! Que loucura... Mas tens razão, não consigo pensar nuns padrinhos mais perfeitos: tu, a Tia Jessica e a Phyllis.

- Não te estás a esquecer de nada?

- O quê?

- Bem, parece um bocado unilateral. O Greg não vai querer que a família dele participe? Os pais dele ou, talvez, a irmã?

O meu suspiro foi por demais evidente.

- O que quero dizer é - continuou o meu pai - fala com o Greg e vê o que ele acha. O bebé é dele também, lembra-te disso.

O Greg chega a casa quase sempre antes de mim e quando eu estou de regresso ele já tomou banho e está a descontrair na cozinha com uma chávena de chá. Porém, hoje apressei-me a regressar da casa do meu pai e preparei-lhe um banho, cuidadosamente cronometrado para ainda estar quente quando ele aparecesse todo suado e sujo à porta das traseiras.

- Estás em casa - disse ele, colocando a marmita dentro do lavatório da cozinha. - É uma surpresa agradável. Está tudo bem?

- Absolutamente. E o senhor tem um banho quente, pronto e à sua espera.

- A sério?

- Sim. Tenho negligenciado o meu marido e decidi compensar.

- Sentimentos de culpa, ei? - Colocou os braços à minha volta e puxou-me para si num abraço, pelo menos o mais próximo que o Feijão o permitiu. - Acompanhas-me no banho?

- Estás a brincar. Ia criar um tsunami. Mas posso esfregar-te as costas, se quiseres.

Cerca de uma hora mais tarde estávamos na sala de estar. Estava a descontrair no sofá com os meus pés no colo dele e a cabeça aconchegada numa das almofadas.

- Adivinha.

- O quê?

- A Tia Jessica vem passar o Natal connosco. Enviou um postal. Está em Itália, a sortuda.

- Excelente. Finalmente vou conhecê-la.

- E ela vai conhecer-te e talvez ao Feijão.

- Ela vai ficar, então? Até ao próximo ano?

- Espero que sim. Imagina, se ela ficar podíamos pedir-lhe para ser a outra madrinha.

Ele levantou os meu pés do seu colo, libertou-se e virou-se para me enfrentar.

- A outra madrinha?

- Sim, a Phyllis é uma e a Tia Jessica será a outra.

- Quando ficou isso decidido?

Podia ainda estar quente do banho, mas definitivamente a temperatura do ar tinha baixado.

- Faz todo o sentido - disse eu, tentando não soar defensiva. - A Phyllis é como se fosse a minha avó e, bem, a Tia Jessica praticamente educou-me. Sabes o quanto eu era próxima dela.

- E quem estás a pensar para padrinho? O teu pai, suponho?

Mordi o lábio e tentei pensar numa resposta que aliviasse a tensão crescente.

- É assim que vai ser? - disse ele, fulminando-me com o olhar.

- O quê?

- Tens intenções de tomar todas as decisões em relação ao nosso filho? Sou apenas o pai, afinal.

- Não sejas assim. Claro que quero a tua opinião. Não vamos discutir. Já sei: porque é que não temos um monte de padrinhos? Quem queres que seja? A tua mãe e o teu pai? Podíamos convidá-los também. O Feijão vai adorar ter montes de gente a cuidar dele... ou dela.

- Que tal a Becca? Não achas que ela vai querer participar na vida do primeiro filho do irmão mais velho? Vou dizer-lhes que estão de reserva, sim? Os de segunda linha?

- Vá lá, estás a ser tonto.

- E tu estás a ser egoísta.

Puxou-me para o lado, levantou-se e foi-se embora. Ouvi-o a vestir o casaco e, quando cheguei ao vestíbulo, estava junto à porta de entrada.

- Onde vais? Ainda não jantámos.

- Ao pub. Não te preocupes com o jantar, como por lá.

- Vamos falar mais sobre isto - disse eu, mas a minha voz perdeu-se no barulho da porta a fechar-se com força.

CAPÍTULO 10

NA MANHÃ SEGUINTE, AO pequeno-almoço, estava a pensar na melhor forma de voltar ao assunto dos padrinhos sem causar outra discussão quando o Greg veio por trás de mim e deu-me um beijo na nuca.

- Não sei se mereço isso. Fui má e estouvada, não fui? – disse eu, virando-me para retribuir o beijo.

- Bem, se quiseres pôr as coisas dessa forma... - respondeu ele a sorrir. - Não me excluas, OK? Formamos uma parceria, não te esqueças.

- Tens razão e lamento, a sério. Estou perdoada?

- Estás com sorte porque a minha ida ao pub ontem à noite pôs-me numa disposição excelente. O Alex conseguiu dois bilhetes para o jogo. Não sei como ele o conseguiu, mas disse-lhe que lhe pagava uma cerveja, pelo menos.

- Este sábado? - perguntei.

- Sim, o Brighton joga em casa. Vai ser fantástico.

- Se ganharem.

- Claro que vão ganhar!

- Diz o fã número um.

A primeira coisa em que pensei foi que ia ter um sábado livre para fazer um pouco de investigação, mas depois começaram a soar os alarmes na minha cabeça. Talvez tenha chegado a altura de partilhar mais do que decisões sobre a escolha dos padrinhos com o Greg.

As histórias para a reportagem especial da Libby começaram a chegar e agora já percebia porque é que o editor dela queria que ela as selecionasse durante o seu tempo livre. Lemos à vez algumas delas em voz alta. As nossas emoções foram de tristeza, incredulidade e até alegria. As mesmas emoções que muitos familiares deveriam ter sentido durante o terror dos bombardeamentos ao receberem as notícias de que um ente querido desaparecido estava a salvo.

- Viver durante uma guerra mundial deve ter mudado aquela geração para sempre - disse eu, dando uma mordidela na minha sandes. Eu e a Libby passávamos a hora de almoço juntas dentro da carrinha da biblioteca com o sinal de *Fechado* preso à porta para não sermos incomodadas. - Não teria consigo aguentar. Jovens enviados para fazer explodir outras pessoas com apenas alguns meses de treino de armas. Mães a terem de deixar as crianças serem evacuadas para irem viver com estranhos. E os pequenitos, imagina o quão assustados deveriam ter estado.

- Nós safámo-nos disso à tangente. Se tivéssemos nascido uns anos antes podia ter acontecido o mesmo a nós, sermos enviadas para uma aldeia estranha com a nossa pequena mala e uma etiqueta com o nome.

- Percebo porque é que o meu pai não fala sobre isso.

- Porém, é interessante ver quantas pessoas querem partilhar as suas memórias. Talvez seja mais fácil se se escrever?

Constatar que a Dorothy optou por não enviar a sua história não me surpreendeu. Teria ficado mais surpreendida se o tivesse feito. A Libby ficou desapontada, apesar de o editor ter ficado satisfeitíssimo com a adesão das pessoas e lhe tenha prometido um bónus por ter tido aquela ideia.

- Não falou em nenhum dia de folga por todas as horas que passei a vasculhar por entre textos cheios de erros ortográficos - disse ela, parecendo ressentida. - Algumas destas pessoas escrevem como se apenas elas tivessem sido afetadas. Parece que se esquecem que foi uma guerra mundial.

- Lembra-te que a educação naquela altura não era como é agora.

As crianças normalmente só iam para a escola com seis ou sete anos. Não é de admirar que a ortografia não fosse perfeita.

- Pensas que sou insensível, não é?

- Talvez o tenhas de ser no teu tipo de trabalho.

- E no teu tipo de trabalho?

- O quê, como bibliotecária?

- Não, quero dizer como investigadora privada. É o que tu és agora, sabes. Estás a ser paga, portanto, torna-o oficial.

- Tento ser objetiva, sem tirar conclusões precipitadas. Espero não deixar as minhas emoções influenciarem o meu discernimento, mas isso não é o mesmo que ser insensível. E, não, não acho que sejas. Bem, pelo menos não o tempo todo.

Ouvi pessoas a falarem lá fora em frente à carrinha e, ao verificar o relógio, reparei que a hora de almoço tinha terminado.

- Vou visitar o Hugh mais tarde. Vou contar-lhe sobre as cartas, que não obtivemos nada de significativo, e tentar obrigá-lo a dizer-me qual a verdadeira razão por que está à procura da Dorothy. Tens razão quanto ao ele estar a esconder alguma coisa.

- Há outra coisa sobre a qual estou certa. Põe as mãos sobre o balcão.

- O quê?

- Ambas as mãos, coloca-as espalmadas. Aí está, eu sabia! Começaste a roer as unhas.

- Er, sim, admito.

- Um hábito novo e horrível ou o regresso de uma mania de infância?

- A Tia Jessica curou-me disso ao colocar sumo de limão por cima das unhas quando eu era pequena. Costumava roê-las até ao sabugo, às vezes até fazer sangue.

- E agora começaste de novo?

- Hum... O problema é que agora gosto de sumo de limão, por isso, já não resulta, não é?

- Tenho uma ideia melhor. Vou pintá-las. Tu não vais querer mastigar umas quantas camadas de verniz, pois não? Estamos de acordo?

- Sim - disse eu, fechando as mãos em punho para esconder as unhas.

- E o Hugh? Ele vai querer saber o que vais fazer a seguir.

- Digo-lhe que os meus planos são fluídos.

- Noutras palavras: são inexistentes... - piscou o olho, atirou a mala para cima do ombro e foi-se embora.

Embora o Hugh tenha mencionado a sua senhoria, a Sr.ª Summer, eu ainda não a tinha conhecido. Ela abriu prontamente a porta e fiquei admirada ao ver uma mulher com quarenta e poucos anos, de cabelo preto-azeviche e pele muito morena. Vestia um vestido elegante de linhas direitas cor de mostarda, com uma gola de linho branca, e tinha um fio de missangas castanhas-escuras penduradas na parte da frente. Mais um lembrete, se precisasse, de que nunca é aconselhável fazer suposições. Claramente, as senhorias podiam ser de todos os tipos.

- Viva, - disse eu - será que podia falar com o Sr. Furness? Ele disse que podia vir visitá-lo.

Ela observou-me atentamente, mas não se mexeu nem me convidou para entrar. Enquanto estava ali de pé à porta de entrada, lembrei-me da sugestão do Hugh de fingir ser a sobrinha dele. No entanto, naquele momento, achei melhor não inventar demasiadas histórias. A Sr.ª Summer podia perfeitamente ir um dia à biblioteca e tudo escalaria para fora de controlo.

- Você é...? - perguntou ela, ainda a segurar a porta entreaberta.

- Janie Juke. Sou amiga do Sr. Furness. Bem, amiga da família.

Esta pequena mentira parecia uma boa solução.

- Entre por um instante, por favor.

Ela afastou-se, abriu completamente a porta e fez sinal para eu entrar.

- Ele está? - perguntei-lhe. - Não faz mal se não estiver, posso deixar uma mensagem se não for inconveniente.

- Ele está no hospital.

Articulava as palavras como se estivesse a fazer um anúncio público. Detetei um sotaque, provavelmente europeu, ou talvez de mais longe.

- Oh, lamento. Ele teve um acidente?

- O peito dele - disse ela, colocando as mãos no peito dela como para enfatizar o que estava a dizer. - Não conseguia respirar esta manhã. Chamei uma ambulância. Foi muito assustador.

- Meu Deus, sim, deve ter sido. Ele vai ficar bem? O que disseram os paramédicos?

- Levaram-no. Deram-lhe oxigénio. Puseram-lhe uma máscara, que ele estava sempre a tentar tirar. Ele estava muito transtornado.

Era difícil processar tudo o que ela me estava a dizer, principalmente porque quanto mais falava mais agitada ficava e com toda aquela agitação o sotaque ficava mais forte.

- Sei que ele tem problemas respiratórios, mas não me tinha apercebido de que era tão sério - disse eu.

- Vai dizer à família?

- À família?

- Disse que era amiga da família. Eu não tenho contactos nenhuns. Eles vão ficar preocupados.

Era extamente este tipo de confusão que estava a tentar evitar. Optei por fugir à questão.

- Vou ao hospital, ver como é que ele está. Quer que a informe depois sobre o estado de saúde dele?

- Ele deve ficar no hospital. Talvez não devesse voltar.

- Está a dizer que não vai manter o quarto reservado?

Ela encolheu os ombros, mas não respondeu.

Apanhei o autocarro até ao Hospital de St Richard e informei-me na receção. Disseram-me que o Sr. Hugh Furness fora admitido no início do dia e que estava na Enfermaria Charlotte. Felizmente tinha chegado à hora da visita e fui até lá. Só quando me estava a aproximar da cama do Hugh é que me apercebi de que não tinha trazido nada comigo, nem as uvas tradicionais, nem doces, nem mesmo um jornal. Ele estava sentado, sem tubos à vista.

- Bem, que alívio - disse eu, puxando uma cadeira para o lado da cama. - A Sr.ª Summer deixou-me preocupada. Parece que teve um ataque terrível esta manhã. Está a sentir-se melhor?

- Foi simpático da sua parte ter vindo - disse ele, falando devagar e calmamente, respirando fundo entre cada palavra.

- Peço desculpa de não ter trazido nada, vim à pressa. Quis chegar à hora da visita. Sabe como são as enfermeiras-chefe. Bruxas, pelo que ouvi dizer.

- As enfermeiras têm sido extremamente simpáticas. Dei um susto à pobre Sr.ª Summer. Foi o pior ataque que tive desde há algum tempo.

- Desde quando é que tem uma doença pulmonar? O tratamento não está a ajudar?

- Não há muito que se possa fazer. É suposto manter a calma, pois a ansiedade agrava a doença. Mas quanto à procura pela Dorothy... tem novidades?

Servi-lhe um copo de água do jarro que estava na mesinha de cabeceira.

- Vou buscar um copo para mim, volto num instante.

Fui até à pequena cozinha em frente à enfermaria, demorando algum tempo até decidir qual a melhor abordagem pela qual iria optar. O que eu dissesse, ou não dissesse, poderia provocar-lhe outro ataque. As minhas ações podiam afetar a saúde do meu cliente. Começava a achar que teria sido melhor se não tivesse aceitado o caso dele, mas havia uma vulnerabilidade no Hugh, uma tristeza que não conseguia bem compreender. Talvez eu tivesse um fraco por almas perdidas.

Ao regressar para junto do Hugh, servi-me de um copo de água e sentei-me. Ele olhava para mim com ar expectante.

- Hugh, contei-lhe sobre a reportagem especial, não contei?

Ele anuiu.

- Surgiu alguma coisa? Souberam alguma coisa da Dorothy?

- Ainda estamos a ler as cartas que chegaram. Porém, disse-me que me podia contar mais coisas sobre a Dorothy, sobre o tempo que passou com ela durante a guerra. Consegue falar sobre isso agora?

- Já lhe disse. Conhecemo-nos e depois da guerra terminar nunca mais a vi.

- Deve ter havido mais qualquer coisa para além disso...

- Eu era piloto - disse ele.

- Sim, eu sei. Disse que fazia parte da RAF e a Dorothy estava no Exército das Camponesas. É isso, certo?

Ele anuiu e fechou os olhos. Ficou calado por momentos e fiquei a pensar se as memórias seriam demasiado dolorosas para ele. Então, começou a falar. As palavras saíam devagar, intercaladas com respirações fundas. Observei-o enquanto ele falava, preocupada de que, à medida que ia desvendando a sua história, o trauma das memórias provocasse outro ataque de tosse. Uma das enfermeiras andava por ali e fiquei satisfeita por isso, caso precisasse de a chamar.

- Eu era mais que um mero piloto - disse ele.

- Era líder de esquadrão?

Ele hesitou como se estivesse com dificuldades em encontrar as palavras certas.

- Já ouviu falar da Executiva de Operações Especiais, ou SOE, *Special Operations Executive*?

- Não. Era uma divisão especial da força aérea?

- De certa forma, mas não apenas da força aérea. A Executiva de Operações Especiais recrutava todo o tipo de pessoas, militares bem como civis. Era uma organização secreta, que tinha como objetivo semear a destruição, minar o inimigo de forma inesperada.

- E fazia parte disso?

- Digamos que trabalhei com eles em algumas ocasiões.

- O que tinha de fazer?

- Quando as condições eram favoráveis, tinha de levar um operacional de avião até ao norte de França. A resistência francesa estava a fazer um trabalho maravilhoso diante de um perigo terrível e a SOE deu-nos a oportunidade de os ajudar.

- Então, as pessoas que levava até lá, os operacionais, o que é que eles tinham de fazer?

- Nunca nos diziam. Tem de perceber que esta era uma organização secreta e tudo era confidencial. Tudo o que eu precisava de saber era onde e quando. Os voos eram planeados de acordo com o calendário lunar.

Franzi o sobrolho, o que o incentivou a explicar-me aquilo melhor.

- A maioria das vezes escolhiam os dias imediatamente antes ou depois da lua cheia. Isso ajudava a navegação, pois podíamos ver melhor algum obstáculo que nos impedisse de aterrar, como um rio a atravessar um campo aberto. Depois, os membros da resistência estavam no ponto de encontro e levavam o Joe com eles.

- O Joe?

- Era como nos referíamos aos operacionais, chamávamos-lhes Joe. Sem nomes, sem equipamento.

Parou de falar e respirou fundo várias vezes. Assegurei-lhe que não precisava de me contar tudo agora, que podia contar o resto da história quando estivesse melhor. Embora, na verdade, duvidasse que alguma vez fosse melhorar. Naquele momento parecia improvável.

- Uma noite deram-me as ordens. Estava planeado um voo para as vinte e duas horas. Preparei o avião e fiquei à espera. O Joe chegou e, enquanto subiam a bordo, vislumbrei-lhe o rosto. Foi um momento que ficou gravado na minha memória para sempre.

Os olhos esbugalhados olhavam fixamente para a frente. Estava a suar da testa e parecia que não iria conseguir continuar.

- Quem era, Hugh? Reconheceu a pessoa?

Ele anuiu e disse num murmurio:

- Sim, era a mulher que amava.

A minha cabeça estava num turbilhão com tantas perguntas. Esta revelação respondia a tanto e ao mesmo tempo deixava muito mais por responder. Antes que pudesse dizer alguma coisa, a enfermeira-chefe anunciou que a hora da visita terminara e pediu que saíssemos. Havia apenas mais duas outras visitas na enfermaria e nós os três saímos de forma obediente como crianças a sair para o recreio. Ao sair do hospital, apercebi-me de que, mais uma vez, não tinha perguntado ao Hugh o que tinha planeado perguntar-lhe. Embora, se ele e a Dorothy tinham trabalhado para a SOE, talvez tivessem tido acesso a informação crítica que teria de se manter secreta. Talvez fosse a própria organização que estivesse a colocar a

Dorothy em perigo.

Muito mais tarde, deitada na cama, voltei a pensar no que o Hugh me tinha dito. Ainda estava a analisar as informações quando o Greg me abraçou e desligou a luz do candeeiro da mesinha de cabeceira.

- Achas que o Feijão vai gostar de futebol? - perguntou, sem qualquer sinal de continuar chateado por causa da discussão sobre os padrinhos.

- Será obrigado.

- Talvez ele vá jogar.

- Ou ela?

- Hum... raparigas a jogar futebol? Talvez não.

- Jogadora famosa de netbol, então? Ou ténis?

A única resposta que obtive foi um ronco gutural.

CAPÍTULO II

CHEGUEI CEDO A CASA do meu pai na quinta-feira de manhã. A chaleira já estava ao lume e o Charlie estava todo molhado da caminhada matutina.

- Os pássaros andaram outra vez à volta do leite - disse eu, transferindo leite de uma das garrafas para um jarro. - E se eu pusesse uma caixa para o homem do leite, algo com uma tampa, para que os marotos não pudessem dar bicadas?

- Boa ideia. Embora talvez seja melhor falar com o homem do leite antes, na próxima vez que o vires. Só no caso de ele achar que isso lhe vai dar muito trabalho.

- Vamos ter uma *"discussão sobre os padrinhos"* esta noite, ao que parece - disse eu, dando uma bebida quente ao meu pai. - O Greg disse isso hoje de manhã quando estava a sair à pressa pela porta fora.

- Bem, não te chateies com ele. Lembra-te que o Feijão é de ambos.

- Estou a ser egoísta?

- Não, não estás a ser egoísta. Talvez um pouco estouvada às vezes.

- Hum, custa ouvir isso do meu pai.

- Não podias ser mais atenciosa quando estás a tomar conta de mim, mas com o Greg... bem, podes ser um pouco dura com ele.

- Estamos presos a um padrão. Eu digo alguma coisa que o põe chateado, discutimos um pouco e depois ele sai disparado para o pub. Ele fica amuado um dia ou dois, depois fazemos as pazes e fica tudo bem.

- As relações são orgânicas.

- O que queres dizer?

- Bem, estão sempre a mudar. São variáveis, como a maré que sobe e desce. Às vezes o mar está calmo, outra vezes tempestuoso. Desde que os dois sejam bons nadadores, ficarão bem.

- Tu e a mãe não gostavam muito do mar, pois não? O mar da vida de casados, quero dizer.

- Acho que eu era feliz a flutuar por águas perigosas e ela não gostava de se ver como salva-vidas.

- Hum - disse eu, refletindo sobre o que o meu pai estava a dizer, bem como o que não estava.

- Então, a discussão sobre os padrinhos... - disse o meu pai. - Sabes como vais abordá-la? O que achas que o Greg está à espera?

- Vou deixá-lo falar, ouvi-lo com atenção e apontar para uma solução de 50-50, justa para todas as partes.

O meu pai sorriu e eu acrescentei:

- Ainda bem que só temos de passar por isto uma vez.

- Não sabes. Quem sabe o que o futuro nos reserva? - ripostou ele.

- Oh, sim, isso é uma coisa que sei com certeza. Bem, mudando de assunto, preciso de obter algumas informações e tu és o homem certo para isso.

- O primeiro paciente está marcado para daqui a quarenta e cinco minutos. É o suficiente para obteres a informação de que precisas?

- Possivelmente. A primeira parte, pelo menos. O que sabes sobre a Executiva de Operações Especiais? Já ouviste falar disso?

- Meu Deus! Bem, pelo que sei, era a nossa arma secreta durante a guerra. O Exército Secreto do Churchill, como era conhecida, acho eu. Participavam em todo o tipo de operações secretas, como rebentar pontes ou sabotar a rede de abastecimentos. Até criaram campos de aviação falsos para confundir as operações de reconhecimento alemãs. Porquê?

- Afinal o Hugh não era um mero piloto. Trabalhava para a SOE.

- Estou admirado que te tenha dito isso.

- Eu também. Está tão desesperado por encontrar a Dorothy que quer provar que confia em mim, suponho.

- Porque é que isso é relevante?

- Bem, ele fazia vários voos para levar operacionais da SOE para a França e para os ir buscar também, às vezes.

- Devia ter sido extremamente perigoso.

- Incrivelmente perigoso. Vasculhei a secção de livros de referência da biblioteca, mas apenas consegui encontrar um livro que falava sobre o trabalho que a SOE fez em França.

- Dá jeito trabalhar numa biblioteca...

- O meu local de trabalho adquiriu todo um novo significado. Imagina o que poderia ter conseguido o Poirot se tivesse acesso a toda essa informação. Embora a maioria das vezes não me pareça que precisasse.

- O conhecimento dele vinha da experiência. Tu és um pouco mais nova do que ele, não te esqueças.

- Bem, o livro confirmou o que o Hugh me disse, que as operações eram planeadas meticulosamente e que escolhiam um dia imediatamente antes ou depois da lua cheia.

- A claridade ajudava-os com a visibilidade, mas ao mesmo tempo tornava-os mais visíveis.

- Sim, imagina os riscos que tiveram de correr. E a resistência francesa, também. Eram pessoas como eu e tu, mas estavam dispostos a pôr a sua vida em perigo todos os dias.

Enquanto conversávamos, o Charlie tinha-se esticado entre nós os dois, deitando-se de lado e adormecido num sono profundo. De repente, fomos momentaneamente distraídos quando ele começou a ter contrações e a grunhir, sem dúvida perseguindo um coelho imaginário pelos campos fora até à sua toca.

- Falei-te da Dorothy, - continuei - a mulher que ele quer que eu encontre. Bem, o Hugh e a Dorothy andavam a encontrar-se, iam dançar e...

- Estavam apaixonados?

- Foi isso que ele disse, sim. Bem, uma vez o Hugh foi escalado para levar um operacional até França. Todos eram anónimos, conhecidos apenas por "Joe". Então, o Hugh estava a preparar o avião quando o Joe chegou, vestido com um fato-macaco, de camuflagem, suponho.

Estava escuro, claro, e, portanto, ele assumiu que era um homem. Só quando viu o rosto de perto é que descobriu que era a Dorothy.

- Mas ela não pertencia ao Exército das Camponesas?

- Pertencia. Todos os operacionais da SOE trabalhavam clandestinamente, tinham empregos normais, viviam vidas normais, até ao momento em que entravam em ação. Por causa de todo o secretismo, nenhuma deles sabia a verdade. Deve ter sido um choque.

- Para ambos. E para o Hugh, imagine-se, ter de deixar a rapariga que amava no meio da França ocupada, sem saber se ela seria feita prisioneira ou pior que isso... O que aconteceu?

- Bem, essa é a parte mais triste. Ela tinha as ordens dela, mas tudo tinha de ser secreto. Apesar do Hugh também trabalhar para a SOE, ela não lhe podia dizer nada.

- Informações confidenciais e tudo isso.

- Exactamente. Ele só sabia o local onde lhe tinham dito para a deixar. Ele levou-a para lá de avião, aterrou no terreno e, depois, membros da resistência foram ter com ela e foi isso. Nunca mais ele a viu.

Antes de conseguir terminar a história, os meus soluços decidiram intervir. Imaginar a situação difícil do Hugh e da Dorothy claramente era demais para o meu nível de ansiedade.

- Bebe água, respira fundo - disse o meu pai. - Achas que o Hugh está a ser sincero? Claramente ele é um perito em manter segredos, talvez haja algo mais nesta história que ele não te esteja a contar. Disse-te que a Dorothy está em perigo, achas que tem a ver com a SOE? Devido à sua natureza, uma organização desse tipo terá os seus inimigos.

À medida que ia bebendo água, os soluços começavam a passar, o que me permitiu responder.

- Pelo que li, ela foi uma das que teve sorte. Muitos operacionais foram capturados e enviados para campos de concentração. Foi realmente terrível, pai. Muitos foram torturados, alguns foram executados e o mais assustador é que muitos eram da minha idade. Nem consigo imaginar o que terão passado.

- No que é que estás metida, princesa? Isto não parece de todo uma coisa simples. Talvez esteja na altura de desistires.

No dia seguinte, enquanto geria a biblioteca, tive tempo para pensar no que tinha descoberto até então, o que não era muito. Certamente não o suficiente para justificar o pagamento do Hugh. Na verdade, só podia riscar da minha lista o ter descoberto a identidade do misterioso seguidor do Hugh.

Podia ter sido um feliz acaso ou uma coincidência, mas a pessoa que entrou naquele momento na carrinha foi o Kenneth Elm. Mantive a cabeça baixa, concentrada no monte de livros que estava no balcão, parvamente esperançosa que ele não reparasse em mim.

- Sr.ª Juke?

Gaguejava ligeiramente, quase nem se notava. Provavelmente passara a vida inteira a tentar disfarçar a gaguez.

- Bom dia. Em que posso ser útil? - perguntei.

Ele sabia o meu nome, o que não era um bom prenúncio. Olhou à volta. Havia dois outros clientes, um a consultar os livros históricos e o outro a ver os livros para crianças. Ambos estavam concentrados no que estavam a fazer.

- Seguiu-me na outra noite. Gostava de saber porquê - disse ele.

Comecei por pensar em negar, mas não quis insultar os poderes de observação do homem. Ele viu-me e sabia o meu nome.

- Estava a ajudar um amigo meu.

- Ele é um amigo? O seu pai sabe que anda a seguir desconhecidos durante a noite?

- Conhece o meu pai?

- Claro, o cão-guia dele é um dos meus pacientes. O seu pai é corajoso e talentoso. Ele sabe o que anda a fazer?

- O que ando a fazer? Não ando a fazer nada.

Não tentei disfarçar a indignação na minha voz. Entretanto, os meus soluços ameaçavam aparecer. Com os meus soluços e a gaguez dele, faríamos um par interessante para quem estivesse a ouvir às escondidas.

- Porque é que ele anda à procura da minha irmã? - perguntou.

- O que o leva a pensar que ele anda à procura dela?

- Ele tem andado a fazer perguntas por aí. Tamarisk Bay é uma cidade pequena. Quando um estranho aparece e começa a fazer perguntas, toda a gente fica a saber.

- Ele conheceu a sua irmã durante a guerra. Eram amigos.

- Não é assim que ela se lembra.

- Está em contacto com ela, então? Ela voltou para cá?

Tivemos de interromper a conversa quando um cliente trouxe os livros selecionados para eu lhes colocar o selo de empréstimo. Tive uma breve conversa com ele e o Kenneth afastou-se na direção das primeiras prateleiras. Observei-o a passar a mão pelas lombadas, parando numa delas e tirando o livro do sítio, mas colocando-o de volta sem o abrir. Depois de despachar o cliente, fiz sinal ao Kenneth e ele regressou ao balcão.

- A verdade é que ele está preocupado com a sua irmã. - disse eu, falando o mais baixo possível sem chegar a murmurar. - Ele acredita que ela está em perigo.

- O único perigo que ela corre vem do Hugh Furness.

- Não, isso não é verdade. Ele veio até cá especialmente porque está preocupado com a segurança dela.

- Pense um pouco. Porque é que ele está a ser tão secreto? Porque é que a está a envolver neste assunto? Se ele está realmente preocupado com ela, porque não veio ter comigo diretamente ou, melhor ainda, porque não falou com a polícia?

Havia alturas em que desejava voltar a ser criança outra vez, com o meu pai-herói ao meu lado. Esta era definitivamente umas dessas alturas. Não fazia ideia qual destes dois homens estava a dizer a verdade. Se o Kenneth tinha razão, tinha-me associado a um mentiroso, pelo menos, ou talvez algo pior. Por outro lado, se acreditasse no Hugh, a vida de uma mulher podia estar em perigo. Não podia ficar quieta sem fazer nada.

- Porque é que tem andado a seguir o Hugh? - perguntei.

- Para o assustar.

- Porque é que não foi simplesmente falar com ele se sabe onde ele está alojado? Porque é que não vai bater à porta para conversar com ele?

- Ele é um homem inteligente. Não podia arriscar que ele me interrogasse. Podia deixar escapar alguma coisa. A Dorothy é minha irmã, é vulnerável, tenho de a proteger. Pode dar uma mensagem ao seu amigo da minha parte e da parte da minha irmã.

- Que tipo de mensagem?

- Diga-lhe para voltar de onde veio. Não há nada para ele aqui.

Não tinha opções disponíveis. Não podia falar sobre isto com o meu pai porque ele iria dizer-me para me afastar do assunto, o Greg estava fora de questão e a Libby estava tão focada em conseguir o próximo furo que não podia confiar nela para se manter calada. Por agora, tudo o que podia fazer era estar atenta e esperar que alguém desse o passo seguinte.

A reportagem especial sobre a guerra foi publicada e tornou-se no tema de conversa de todos os meus clientes. De tal forma que a afixei no quadro de cortiça que estava pendurado atrás do balcão. Alguns dos clientes queriam contar-me as suas histórias, alguns tinham escrito para o jornal e outros apenas gostavam de falar sobre isso.

Enquanto ouvia o que diziam, tentava imaginar como seria viver com medo todos os dias durante anos. Anotei no meu caderno algumas das coisas que foram ditas, imergindo-me naquele tempo, que era um misto de desespero e alegria.

"O alarme do ataque aéreo aumentava e diminuía e depois outra vez para indicar que o perigo já tinha passado. Este tipo de som ainda me dá um nó no estômago, mais de vinte anos depois."

"A minha mãe fez-nos uns fatos especiais para quando o alarme tocasse, os siren suits, *que eram uma peça única com calças, parte de cima e capuz, feita a partir de lençóis velhos, que vestíamos por cima das camisas de dormir sempre que tínhamos de correr pelos jardins dos vizinhos até ao abrigo. Não eram quentes o suficiente. Fiz uma malinha que levava comigo para o abrigo no caso da nossa casa ser destruída. Tinha lá dentro uma Bíblia, porque me parecia ser*

*apropriado para a ocasião, um lenço, porque tinha horror a ficar sem
um (!!) Que mais? Talvez uma bebida qualquer, já me esqueci."*

*"Estávamos sempre com fome. O meu avô dava-nos o que pescava no
seu barco. Ensinou-me a pescar enguias e linguados perto da costa. O
meu Tio Joey caçava coelhos, que depois eu ajudava a matar e a esfolar.
Com o meu outro avô recolhia ovos das galinhas dele. A Tia Lilly tinha
um mapa-mundo na parede. Colocava bandeirinhas e dizia-nos como
ia a guerra na Rússia e no Extremo Oriente, sobretudo."*

*"Quando a nossa casa foi bombardeada, tivemos sorte em
sobreviver. Os vizinhos e o resto da família tomaram conta de nós
muito bem. A bomba não atingiu a casa, mas caiu no jardim. Foi
bom não termos conseguido ir para o abrigo porque teríamos morrido
de certeza. As minhas duas avós vieram ter connosco. Uma delas
caminhou dez ou onze quilómetros porque não havia autocarros a
funcionar. Viram primeiro a casa e pensaram que tínhamos morrido,
por isso, houve muito choro e abraços. Depois fomos viver com uma das
nosssas avós."*

No fim desse dia, mesmo quando a minha energia conversacional
estava nas últimas, a Phyllis entrou na biblioteca.

- Pareces cansada - disse ela. - O Feijão não te deixa dormir?

- Entre outras coisas.

- Tiveste sorte com quem sabemos?

Sorri à tentativa de secretismo por parte da Phyllis. Pelo piscar de
olho dela fiquei com a sensação que gostava de estar envolvida na
resolução de um mistério. Antes que pudesse responder, ela olhou
para o quadro.

- Artigo interessante, trouxe muitas memórias de volta. Algumas
boas, outras nem por isso - disse ela.

- Como foi para ti? Continuaste a ensinar durante a guerra?

- Chegavam evacuados aos montes nos comboios. Pobres
criancinhas. Saíam das carruagens para a plataforma com um ar tão
assustado como coelhinhos. Alguns eram pouco maiores que a mala

que transportavam.

- Levaste alguma dessas crianças para viver contigo?

- Sim, um irmão e uma irmã. Ambos mais novos que a Cynthia. Ela ficou muito chateada, mas eu disse-lhe que tinha sorte em não ser umas dessas crianças.

- Quanto tempo estiveram contigo?

- Tinham vindo de Londres. Nunca tinham visto o mar. No primeiro fim de semana que os levei à praia, eles correram diretamente para a água, com roupa e tudo. Nem tiraram os sapatos.

A Phyllis tirou um lenço de dentro da mala e limpou os óculos antes de os guardar.

- Quando eles se foram embora, a Cynthia tinha adorado tê-los lá em casa. Chorou quando eles partiram. Prometeu que lhes escrevia todos os dias.

- Manteve o contacto?

- Durante algum tempo, mas a vida toma conta das coisas, não é?

- Sabes onde eles estão agora? Se ainda estão em Londres?

Ela abanou a cabeça.

- Deve ter sido difícil concentrarem-se na educação com as bombas a caírem por todo o lado.

- Nalguns dias nem sequer tentávamos. Havia um fluxo de evacuados tão grande que tivemos de usar todo o tipo de espaços disponível para as aulas. Chegámos a usar os salões de chá no Tensing Gardens algumas vezes.

- Aquele quiosque velho?

- As crianças adoravam-no, especialmente as que vinham das cidades do interior. Toda aquela relva para correr e todas aquelas árvores para subir...

Ela estava inclinada por cima do balcão, mas então, deslocou-se para o lado e disse:

- Importas-te que me sente por um bocadinho?

- Aqui tens - respondi, passando-lhe a cadeira desdobrável. - Vamos descansar as duas. As minhas pernas ficam cansadas de carregar o Feijão de um lado para o outro o dia todo.

- Espera até ele nascer.

- Ele?

- Bem, ele ou ela. Tens preferência?

- Não. Dez dedos das mãos, dez dedos dos pés e pouca gritaria é tudo o que tenho na minha lista de desejos.

- Vais ser uma mãe fantástica.

- Achas? Há alturas em que duvido disso.

- Bem, não o podes mandar de volta, é demasiado tarde para isso.

- Phyllis, não sei o que fazer.

- Em relação ao teu caso?

- Sim, não sei em quem acreditar.

- O que é que o teu instinto te diz?

Coloquei as mãos por cima da minha barriga de grávida e apreciei os movimentos suaves do Feijão.

- O teu instinto é bom, - disse ela - confia nele.

CAPÍTULO 12

ANTES DE IR PARA casa, passei pelo alojamento do Hugh. A Sr.ª Summer convidou-me imediatamente a entrar.

- Estou contente por ter vindo - disse ela. - Estou preocupada. Telefonei ao hospital esta manhã e disseram que ele não estava nem melhor nem pior. Dizem que, como não sou da família, não me podem dizer nada. - Acenou-me para a seguir até à sala de estar. - Sente se, por favor. Quer beber alguma coisa?

Ainda estava a tentar perceber de onde vinha a pronúncia dela.

- Não, obrigada. Tinha esperança de que tivesse havido algumas melhoras - disse eu. - Quanto tempo será que irá ficar internado?...

- E quanto à família dele? Já falou com eles?

Abanei a cabeça. Não estava a mentir se dissesse que não. Afinal, nem sabia se o Hugh tinha algum membro da família ainda vivo.

- Vou visitá-lo novamente e digo-lhe se houver alguma alteração significativa.

- Por favor, diga-lhe que vou manter o quarto reservado para ele, naturalmente.

- Oh, pensei que tinha dito...

- Fui muito brusca antes. Foi um choque, vê-lo assim daquela maneira a tossir, com falta de ar... Trouxe tudo de volta.

Levantei uma sobrancelha e esperei que ela explicasse.

- O meu marido. Não estávamos casados há muito tempo. Disseram que era dos cigarros, mas tenho a certeza de que era do trabalho dele.

- O que fazia o seu marido?

- Era operário na fábrica de gás. Pagavam bem, mas o trabalho era perigoso. Apanhou-lhe os pulmões. Tínhamos comprado esta casa pouco tempo antes de ele... Tive de encontrar uma forma de pagar as contas. Não gosto de receber hóspedes, mas...

- Fazemos o que podemos para chegar ao fim do mês.

- Gere a biblioteca?

- A biblioteca itinerante, sim.

Perguntei-me o que ela diria se soubesse o que eu tinha escolhido fazer para além de gerir a biblioteca, para fazer um pouco mais de dinheiro.

- Bem, vou indo então, mas vou dando notícias.

Só na terça-feira à tarde é que tive oportunidade de ir ao hospital. A chuva caía a potes e, enquanto esperava na paragem do autocarro, cada carro que passava parecia fazer questão de me encharcar. Quando finalmente o autocarro chegou, eu parecia o Gene Kelly no filme "Serenata à Chuva". A paragem de autocarro mais perto do hospital ficava a pouca distância a pé. Nem me dei ao trabalho de abrir o guarda-chuva pois o vento provavelmente iria transformar-me na Mary Poppins. Estas duas referências em rápida sucessão fez-me lembrar que estava na altura de eu e o Greg irmos ao cinema.

Quando entrei no átrio do hospital, estava completamente encharcada, por isso, fiquei ali algum tempo para deixar a maior parte da água escorrer. Conseguia imaginar o desdém da enfermeira-chefe se pingasse por cima do seu linóleo impecável.

Quando me senti um pouco mais apresentável, comecei a dirigir-me para a enfermaria e notei que ia alguém à minha frente no corredor. Seguia numa passada decidida e não precisava de se virar para trás para eu saber quem era. Acelerei o passo para ficar ao lado dele.

- Sr. Elm - chamei-o, observando-lhe a expressão para perceber se estava surpreendido ou chateado.

- Sr.ª Juke.

- Vem visitar alguém?

- Senão, porque é que haveria de estar aqui?

- Talvez para uma consulta?

- E a Senhora? - perguntou ele. - Está tudo bem com o bebé, espero?

Falava de uma forma brusca e sem emoção. Talvez fosse uma técnica para disfarçar a gaguez.

- Acho que ambos sabemos porque estou aqui. E arriscaria dizer que também está aqui pela mesma razão. O Hugh está muito mal, sabe? Qualquer emoção excessiva pode espoletar outro ataque.

Tínhamos chegado à entrada da enfermaria e hesitámos à porta.

- Apenas um visitante de cada vez, penso - disse eu e virei-me para me dirigir até às duas cadeiras que estavam situadas perto da entrada da enfermaria. - Porque não vai primeiro? Não me importo de esperar. Mas seja gentil com ele, não faça nada de que se vá arrepender depois.

- Penso que esta situação a ultrapassa, Sr.ª Juke. Vá para casa, concentre-se no seu marido e no seu bebé.

O Kenneth Elm podia juntar-se à lista de homens que achavam que me podiam dizer o que fazer: o Greg, o Frank Bright, até o meu pai. A atitude paternalista do Kenneth tornou-me ainda mais determinada a resolver o caso, mesmo que o meu cliente, que pagava as contas, me estivesse a mentir.

Dez minutos mais tarde, a porta da enfermaria abriu-se e o Kenneth saiu a passos largos.

- É todo seu - disse ele com veemência e sem disfarçar a gaguez.

Não me deu tempo para responder, pois passou por mim de rompante e seguiu caminho ruidosamente pelo corredor até desaparecer de vista.

Os hospitais são lugares quentes, muitas vezes abafados, com um odor persistente a desinfetante. Não é um ambiente propício a um grávida com tendência a nausear. No entanto, o suor que me cobria o corpo não tinha nada a ver com a temperatura. Abri a porta da enfermaria hesitantemente e aproximei-me da cama do Hugh. As cortinas estavam corridas à volta dele e podia ouvir vozes que, embora abafadas, pareciam ansiosas.

- Quem o autorizou a entrar? - disse uma voz feminina de forma brusca.

- Lamento, chefe, não me apercebi... - disse outra voz, mais jovem desta vez.

- Não é a altura nem o sítio apropriado para desculpas. Venha ao meu gabinete quando terminar o seu turno. Por agora, fique junto ao Sr. Furness e não permita mais visitas, percebeu?

Depois de dizer isto, a enfermaria-chefe afastou a cortina e saiu do espaço reservado. Enquanto ela se afastava da cama, vislumbrei o Hugh deitado com os olhos fechados e com uma máscara de oxigénio sobre o rosto.

- O que está a fazer aqui? - disse ela a fulminar-me com os olhos. Quase esperei que me fosse pedir para ficar na sala depois das aulas e escrever *não vou ouvir atrás das portas* cinquenta vezes.

- Er, estou aqui para visitar o Sr. Furness - disse na minha voz mais suave.

- Não são permitidas visitas - disse ela, articulando bem cada palavra como se eu fosse estrangeira ou tivesse dificuldades em ouvir.

- Posso voltar mais tarde? Para ver como ele está?

- Não são permitidas visitas até nova ordem. Agora, fora, fora!

Empurrou-me para fora da enfermaria como se fosse uma criança mal-comportada, andando por sítios onde não era suposto andar.

Precisava de me acalmar e fazer algumas anotações antes de apanhar o autocarro. Havia um café perto da paragem de autocarro e abri a porta na esperança de que não estivessem quase a fechar.

- Ainda estão a servir? - perguntei.

- Entre, querida, descanse um pouco.

O meu alívio era visível. Uma voz amiga, um sorriso e o cheiro a comida caseira.

- É isto que precisamos, Feijão - murmurei e coloquei a mão sobre a minha barriga de grávida.

- O que vai ser? - perguntou a empregada, afastando uma mecha de cabelo da sua cara corada. - Sente-se, eu trago-lhe. Tem ar de quem precisa de comer. Que tal uma deliciosa fatia de pudim de pão? Foi feito esta manhã.

- Perfeito, obrigada. E café, por favor.

Não havia mais clientes, mas optei por me sentar num canto, o mais longe possível do balcão, caso a minha chegada suscitasse uma afluência repentina de pessoas. A empregada trouxe café e uma fatia bastante generosa de pudim de pão quentinho. O aroma a noz-moscada e a canela fez-me água na boca. Via o meu apetite para o jantar diminuir rapidamente, o que era mais outra coisa que teria de explicar ao Greg.

Tirei o caderno do saco e folhei-o. Algumas secções estavam quase cheias, enquanto outras se mantinham vazias. Tinha a certeza de que o Hugh continuava a esconder-me alguma coisa. Além disso, ele ainda não tinha explicado a relevância da senha do depósito de bagagens, que se mantinha dentro da caixa de perdidos e achados da carrinha da biblioteca. Havia três perguntas distintas que precisavam de respostas: porque é que o Hugh acreditava que a Dorothy estava em perigo; porque é que o Kenneth acreditava que o Hugh estava a mentir; e porque é que o Hugh não queria falar com a polícia.

Agora que o Hugh estava demasiado mal para conseguir falar, precisava de encontrar outra forma de preencher as lacunas. O Kenneth era a minha única ligação à Dorothy e ele tornou evidente que não queria falar comigo. Naquele momento, diria que o sentimento era mútuo.

Durante os dias seguintes, refleti sobre os acontecimentos que tinham decorrido até então. Podia não ser brilhante a perceber o carácter das pessoas (a minha experiência com a Zara era prova disso), mas com certeza que um homem que cuidava de animais não podia ser assim tão mau. Tinha de haver uma razão por que o Kenneth estava a proteger a Dorothy mantendo o Hugh à distância. Só precisava de descobrir o que era.

Tudo o que aprendera com o Poirot me dizia que era útil pesquisar sobre o passado de alguém. Se conseguisse montar uma imagem clara da família Elm, talvez conseguisse algumas pistas.

Assim que pude, fui visitar a Phyllis.

- Como sabias que queria que me viesses visitar? - disse ela, deixando-me entrar.

- Estás a fazer bolos? - perguntei, reparando no avental.

- Limpezas. Extremamente aborrecido, mas tem de ser feito. No entanto, tenho bolachas de chocolate.

- Vim para trocar ideias. Bem, na realidade, vim para puxar pela tua memória.

- Troca as ideias e puxa pelas memórias que quiseres.

- Os Elms. Que mais te lembras deles?

Quando nos sentámos na sala da Phyllis em frente à lareira com café e bolachas apercebi-me de que era isto que eu queria para o Feijão. Podia não ser uma mãe tradicional, pelo menos do ponto de vista do Greg e a da minha sogra, mas a minha relação com a Phyllis provava que a família não precisava de ser apenas constituída por parentes de sangue. Memórias e sonhos partilhados podiam criar laços tão, ou mesmo mais, próximos.

- Desde que encontrei aquela fotografia do Kenneth e dos colegas da turma dele, que as memórias têm surgido em catadupa - disse a Phyllis. - Até tive um sonho com ele no outro dia. Muito bizarro.

- Foi um sonho mau?

- Oh, era qualquer coisa e nada. Provavelmente esteve relacionado com o pedaço de queijo que comi depois do jantar. Bem, lembrei-me de mais coisas sobre os pais do Kenneth. Não sei se vai ser de grande ajuda.

- Toda a informação é útil. Foi o Poirot que disse isso? Se não disse, devia tê-lo dito.

- Qualquer dia vais escrever o teu próprio policial. Uma memória mal disfarçada: *Os Mistérios da Janie Juke*.

- Daqui a cinquenta anos, talvez. É preciso ser velho para escrever uma memória, não é?

- Não estás a sugerir que escreva uma, pois não?

- Estou sempre a dizer que nunca vais ser velha, pelo menos aos meus olhos.

Ela sorriu e abanou a cabeça.

- Bem, os pais do Kenneth. Como sabes, o pai dele tinha bronquite crónica. Trabalhava numa fábrica perto de Peterborough. Era um operário semiqualificado, penso eu. Fosse qual fosse o ofício, não era fácil conseguir uma transferência quando se mudassem. O médico aconselhou-o a mudar-se para o sul, para viver perto do mar, se quisesse viver para além dos sessenta anos.

- Que idade tinha quando veio morar para Tamarisk Bay?

- Devia ter quarenta e tal anos, cinquenta e poucos, talvez. Talvez tivesse combatido na Grande Guerra, mas seria demasiado velho na Segunda Grande Guerra, mesmo que a saúde fosse melhor na altura. Tanto quanto me lembro, quando se mudaram para aqui ele trabalhava para uma empresa de mudanças, a Pickford, provavelmente. Porém, ele tirava tantos dias por causa da doença que o despediram. Não era como é agora. As pessoas não tinham qualquer proteção laboral e não havia o Serviço Nacional de Saúde. Portanto, se não tinhas dinheiro para pagar o médico ou os medicamentos, tinhas de sofrer.

- Tomamos os cuidados médicos gratuitos como garantidos. Não consigo imaginar como teria sido nessa altura.

- A vida era desesperante para famílias sem dinheiro e havia bastantes. A mãe do Kenneth não teve escolha, teve de encontrar trabalho, onde quer que fosse. Fazia limpezas e lavava roupa. As pessoas com dinheiro estavam mais que dispostas a pagar a outros para lhes fazerem os trabalhos domésticos.

- Não os culpes, eu não me importava de ter uma mulher a dias. E alguém para passar a ferro.

- Não era o que todos queríamos? - disse a Phyllis a sorrir. - O trabalho devia ter sido duro fisicamente, muitas horas, sete dias por semana. Lembro que a Sr.ª Elm nunca conseguia ir às reuniões de pais ou às peças de teatro da escola. Aquela fotografia que te mostrei do Kenneth na peça de teatro... Bem, ela nunca o viu atuar.

- Deve ter sido difícil para os filhos.

- O Kenneth tinha vergonha dos pais.

- Mas a mãe estava a fazer tudo o que podia para manter a família alimentada e cuidada.

- As crianças podem ser bastante cruéis. Ele gaguejava muito e era gozado por causa disso. Então, um dia o pai apareceu na escola exaltado e desvairado. Falou com a diretora da escola e disse-lhe que se o bullying continuasse, tirava o Kenneth da escola.

- Tinha estado a beber?

Ela anuiu.

- Sabia-se que o pai do Kenneth tinha encontrado refúgio no álcool. Devia ter sido difícil para ele saber que não podia sustentar a sua própria família, que era a mulher que trazia o dinheiro para casa.

- Devia sentir-se ultrajado ao ser sustentado pela mulher. Hoje em dia não é muito diferente. Porém, o Sr. Elm não ajudava ao gastar o dinheiro que a mulher ganhava em cerveja. Ele chegou a tirar o Kenneth da escola?

- Não, era tudo fogo de vista. Porém, tenho quase a certeza que assim que o Kenneth saiu da escola a mãe morreu. O pai não durou muito mais. Portanto, teriam sido apenas os dois, o Kenneth e a irmã.

- Pergunto-me como se governavam em relação ao dinheiro. E o Kenneth estudou para se tornar veterinário. Não deve ter sido financeiramente fácil.

A Phyllis anuiu.

- Mais perguntas que respostas, mas isso não deve deter uma investigadora inteligente.

- Hum - disse eu, arrumando este pedaço de informação na minha cabeça. Se este caso fosse um puzzle, estava a conseguir ligar as peças nas pontas, com uma série de buracos no meio.

CAPÍTULO 13

QUANDO VOLTEI AO HOSPITAL, aproximei-me da enfermaria com algum temor, prevendo que a enfermeira-chefe se abatesse sobre mim e me impedisse de entrar. Porém, quando lá cheguei, as cortinas à volta da cama do Hugh estavam abertas e não havia enfermeiras à vista. O Hugh estava parcialmente sentado, encostado a várias almofadas, e tinha a máscara de oxigénio sobre o nariz e a boca, e os olhos fechados.

Partindo do princípio de que estava a dormir, puxei de uma cadeira o mais silenciosamente que consegui e sentei-me ao lado da cama à espera que ele acordasse. Ao observá-lo ali deitado, com a cara pálida e a gola do pijama às riscas a surgir por cima do lençol, tive dificuldades em imaginar como teria sido fisicamente quando conhecera a Dorothy. Os anos tinham sido cruéis para o Hugh. A cara estava toda marcada e havia sombras escuras por baixo dos olhos. Parecia muito mais velho do que o meu pai, mas eles deviam ter apenas alguns anos de diferença. De repente, senti comichão o nariz e, antes de conseguir pegar no lenço, dei um grande espirro. Como resultado, o Hugh abriu os olhos.

- Peço desculpa, estava a dormir. Eu estava a tentar não incomodar, mas devo ser alérgica a hospitais - disse eu a sorrir. - Está a sentir-se um pouco melhor?

Ele anuiu e fez um gesto para tirar a máscara.

- Não, não faça isso - disse eu, prevendo a ira da enfermeira-chefe caso a minha presença agudizasse o estado de saúde dele. - Vou ficar aqui sentada a fazer-lhe companhia por algum tempo.

Ele fechou os olhos novamente e eu aproveitei para fazer o mesmo. A enfermaria estava mais quente que o costume e senti-me a adormecer. De repente, senti uma mão no ombro a acordar-me. Era a jovem enfermeira que tinha recebido a reprimenda oral da enfermeira-chefe durante a minha última visita.

- Está bem? - perguntou. - Quer água?

- Nem acredito que estava a dormir. Nunca tinha conseguido adormecer sentada, apenas na minha própria cama.

- A gravidez pode deixar as mulheres mais cansadas que o costume. Quantos meses está?

- Seis meses. Por altura do Natal suponho que uma boa noite de sono será uma memória distante.

Ela sorriu e deslocou-se para a cabeceira do Hugh, endireitando a roupa de cama e enchendo o copo que estava na mesinha de cabeira com água.

- Como é que ele está? Parece estar com melhores cores do que na última vez que estive aqui - disse eu. - A cara está menos pálida, mas vejo que continua a oxigénio.

- Sim, ajuda um pouco. É da família?

- Amiga da família. Acha que vai ficar internado por muito mais tempo?

- Oh, sou apenas a enfermeira. Isso dependerá do médico.

Ouvimos a porta da enfermaria abrir-se e ela virou-se nessa direção.

- Tenho de ir. Tente não o cansar.

- Claro, mas antes de ir, posso fazer-lhe uma pergunta sobre o homem que esteve aqui na última visita, quando o Sr. Furness piorou?

Ela olhou timidamente à volta, talvez sabendo que a enfermeira-chefe podia aparecer a qualquer momento.

- Não posso dizer nada por causa do sigilo médico, sabe.

- Não quero que me diga nada sobre o paciente, apenas sobre o visitante. Ouviu a conversa entre eles? Estavam a discutir?

Virou-se de costas para o Hugh e ficou de frente para mim. Depois, inclinou-se e começou a murmurar.

- Passou o tempo todo a dizer "*nunca vão acreditar em ti*". A gritar ao pobre Sr. Furness.

- Foi só isso? Foi tudo o que ele disse?

- "*Vais ser tu a sofrer no fim*".Foi o que ele disse, mesmo antes de sair disparado. Foi terrível, fez uma grande cena, perturbou os outros pacientes e o pobre Sr. Furness... Bem, pensávamos que o íamos perder.

Ela estava com um ar tão aflito que quase lhe sugeri que se sentasse para recuperar.

- A culpa foi minha - continuou.

Tinha o rosto corado e o lábio inferior a tremer. Coloquei a minha mão sobre o braço dela.

- Não se culpe. Como poderia saber o que ele iria dizer ou fazer? E não houve realmente danos irreversíveis. O Sr. Furness parece que está a arrebitar um bocadinho.

Ela virou-se quando o Hugh abriu os olhos.

- Olá, viva, dormiu bem? - perguntei. - Eu também ia adormecendo e esta enfermeira simpática quase que me ofereceu uma cama. - Sorri para a enfermeira antes de ela se afastar para ir ver outros pacientes.

O Hugh acenou-me e, portanto, levantei-me e aproximei-me dele.

- O que é? Quer beber alguma coisa? Não está com dores, pois não?

Ele abanou a cabeça e apontou para a gaveta da mesinha de cabeceira.

- Há alguma coisa na gaveta de que precisa?

Anuiu e eu, ao abrir a gaveta, encontrei uma pequena Bíblia (propriedade do hospital, supus) e um bloco de notas.

- Quer o bloco de notas, Hugh?

Tirei o bloco de notas da gaveta e dei-lho. Ele abriu-o, arrancou uma folha e passou-ma. Tinha uma nota escrita à mão.

Leve a senha do depósito de bagagens até à Estação Ferroviária de Tidehaven, ao serviço das bagagens. O que lá encontrar irá ajudá-la a compreender.

- A compreender o quê, Hugh? A senha explica porque é que anda
à procura da Dorothy?

Ele anuiu e devolveu-me o bloco de notas. Coloquei o bloco
novamente dentro da gaveta e, quando olhei para ele outra vez, já
tinha fechado os olhos e parecia ter adormecido. A campainha a
anunciar o fim da visita tocou e deixei a enfermaria com a nota do
Hugh fechada na mão.

Coloquei a senha do depósito de bagagens dentro da carteira para
não a perder e, no dia seguinte, saí de casa do meu pai à hora do
almoço e apanhei o autocarro para Tidehaven. O autocarro ia cheio
e consegui sentar-me no único lugar livre no andar de baixo, o que
foi um enorme alívio por dois motivos. Ir no andar de cima era
como estar num cinzeiro por causa da fumarada dos cigarros. Além
disso, tinha a certeza de que, se o autocarro arrancasse enquanto
estivesse a subir as escadas, o resultado seria desastroso. Às vezes
olhava para a minha barriga e custava-me acreditar que lá dentro se
encontrava apenas um Feijão. O que era ainda mais preocupante era
que faltavam três meses e, nessa altura, eu provavelmente já estaria
do tamanho de um elefante. Não era um pensamento agradável.

Tive de esperar algum tempo na paragem de autocarro e,
apesar de ter levado o enorme guarda-chuva do meu pai, a água
escorregou-me pela gola adentro e pelo pescoço abaixo. Estávamos
a meio de novembro e todos os dias eram frios, húmidos, cinzentos
ou ventosos, ou uma mistura dos quatro. Hoje estava uma chuvinha
miudinha, daquela que não se via, mas que encharcava de qualquer
das formas.

Desde o centro da cidade até à estação ferroviária, que ficava ao
fundo da Kings' Road, era uma curta distância a pé. A estação
era muito movimentada, pois tinha linhas diretas para Londres e
Brighton, mas àquela hora do dia não havia muitas pessoas por ali.
Vi um velho casal na bilheteira, ele vestindo um fato formal e um
sobretudo grosso e ela um casaco de inverno cor de camelo com um

chapéu de feltro, que provavelmente se estragaria à chuva. Depois de comprarem os bilhetes, foram de braço dado em direção aos torniquetes, talvez para uma incursão de compras ou para o chá da tarde. Havia uma normalidade serena neles, o que era contrário a como eu me sentia ao dirigir-me para o depósito de bagagens. Ao aproximar-me, um homem com uniforme levantou os olhos do jornal Daily Mirror.

- Em que posso ser útil, *Miss*? - perguntou.

- Queria levantar isto, por favor.

Dei-lhe a senha, na esperança de que ele não me perguntasse o que esperava ser devolvido. Ele olhou para a senha e franziu o sobrolho.

- Isto está aqui há bastante tempo. Tem estado fora, ei, *Miss*?

- Er, sim.

Preparei uma história sobre uma viagem imaginária ao estrangeiro, mas hesitei em dar-lhe mais informações e esperei que ele desse o próximo passo.

- Aguarde um momento, *Miss*.

Ele dirigiu-se para a parte de trás do depósito. Num dos lados do balcão estava uma fila de cacifos de metal, grandes o suficiente para guardar uma mala de documentos ou uma mala de mão, cada um deles devidamente numerado. Mais atrás, encontravam-se várias prateleiras de madeira compridas, parcialmente cheias com malas e sacos de viagem de vários tamanhos e formas. Finalmente, ao fundo do depósito, havia um cabide comprido onde estavam pendurados casacos de diferentes tamanhos.

Estava a tentar imaginar porque é que alguém deixaria um casaco no depósito de bagagens quando o funcionário reapareceu com um grande envelope na mão.

- É tudo, *Miss*? - perguntou, segurando o envelope à minha frente, mas com o ar de quem estava relutante em mo entregar.

- Sim, é isso mesmo - respondi, inclinando-me para a frente para o tirar da mão.

- São dois xelins e dezasseis centavos, *Miss* - disse ele, ainda agarrado ao envelope.

- Ah, sim, claro.

Fiquei aliviada por ter dinheiro suficiente na carteira para pagar a conta e fiz uma nota mental para acrescentar o custo às minhas despesas correntes.

Dei-lhe o dinheiro e ele deu-me o envelope. Comecei a afastar-me quando ele disse:

- Um momento, *Miss*.

Senti-me uma criminosa prestes a ser descoberta, mas ele apenas disse:

- O seu recibo, *Miss*. Vou passar-lhe um, só um minuto.

Anuí e sorri, consciente do meu coração a bater fortemente.

Havia um pequeno café ao lado da estação, onde pedi uma limonada e me sentei numa cadeira de metal, particularmente desconfortável, em frente a uma mesa de metal. A mesa estava pegajosa com resquícios de bebidas derramadas e estava tentada a pedir um pano para os limpar, mas decidi que era melhor não.

O envelope não estava fechado e a aba estava apenas metida para dentro. Abri-a, enfiei os dedos lá dentro e tirei uma folha de papel. Era um recorte de jornal de meia página, cuidadosamente cortado e dobrado em dois. Coloquei o envelope em cima do tampo pegajoso e o recorte de jornal por cima dele, tentado mantê-lo limpo. Num dos lados havia uma série de anúncios e reconheci algumas lojas. Reparei na data no topo do recorte e vi que era do Tidehaven Observer, de 19 de setembro de 1946. No outro lado, havia uma grande fotografia de uma grupo de homens e mulheres em frente ao Teatro Elmrock.

O título dizia: **Capturada a coroa de xadrez**

A legenda por baixo da fotografia dizia: **Uma delegação local apoia o sucesso britânico**

Olhei fixamente para a fotografia por vários minutos e refleti sobre as palavras de Poirot em "A Primeira Investigação de Poirot": *Falta qualquer coisa, não está presente um elo da cadeia.*"

Seria a fotografia uma pista? Se sim, o que significava? Porque é que o Hugh a considerava tão vital que a guardou a sete chaves num depósito de bagagens? Nada fazia sentido.

CAPÍTULO 14

A REDAÇÃO DO TIDEHAVEN Observer ficava na outra ponta da Kings' Road, perto do centro da cidade. À entrada do edifício estava uma lista impressa onde informava que a redação do jornal ficava no terceiro piso. Aproveitei a curta viagem de elevador para ajustar a minha bandolete e desfazer alguns nós do cabelo com os dedos.

Nunca tinha estado na redação do Observer, aliás, era a minha primeira vez na redação de qualquer jornal. Não sei do que estava à espera, mas a primeira coisa que me surpreendeu foi o silêncio. Em vez de um frenético burburinho de conversas e telefones a tocar, havia um jornalista a escrever interminavelmente numa máquina de escrever. Ao lado dele estavam duas secretárias sem ninguém e cobertas de papéis espalhados desordenadamente. Numas das secretárias havia um cesto de arquivo em metal cheio até cima com revistas e papéis, de tal forma que parecia que ia cair ao chão. O forte cheiro a fumo de cigarros fez disparar os meus alarmes. Nunca tinha gostado do cheiro, mas desde que engravidara que qualquer bafo de tabaco dava-me volta ao estômago.

A minha chegada parecia não ter sido notada. Olhei à volta, não havia sinal da Libby. Para além das secretárias desarrumadas, havia uma divisória com vidro fosco. Conseguia ver a silhueta sombria de duas pessoas, ambas sentadas a conversar pacificamente. Então, o telefone tocou e ouvi a voz da Libby a dizer "*Sem problemas, falamos mais tarde*". Depois, vi-a sair do gabinete por trás da divisória.

- Janie, que maravilhoso ver-te. O que te traz aqui? Está tudo bem?

Devia ter o sobrolho ligeiramente franzido. O dia não estava a correr da forma como esperava. Embora não soubesse bem o que esperava. Ela acenou-me para me aproximar de uma das secretárias, a que tinha o vacilante monte de papéis.

- Senta-te aqui. O que aconteceu? - perguntou.

Tudo na Libby exalava entusiasmo. O cabelo louro, num corte bob curto, acentuava os seus grandes olhos azul-esverdeados, que estavam habilmente destacados com lápis de olhos e rímel. Tinha um sorriso permanentemente radiante e uma expressão de olhos arregalados que me fazia lembrar uma cria de veado assustada. Sabendo agora o que ela ganhava, intrigava-me como ela conseguia manter-se a par da última moda. Hoje vestia um vestido curto púrpura aos quadrados tipo Biba, que lhe acentuava o corpo de linhas direitas. Supunha que a chuva desta manhã a tivesse levado a deixar em casa os sapatos de tiras que usava normalmente, optando por umas botas de cano alto brancas que lhe completavam o conjunto.

- Não és defensora da política das secretárias arrumadas... - comentei, piscando o olho.

- Não tem nada a ver contigo, ei? Com o teu caderno e as tuas listas. Devias ensinar-me algumas coisas.

Afastou alguns dos papéis para o lado e desatou a rir.

- Porque é que estás em Tidehaven? Não devias estar a trabalhar em casa do teu pai?

- Tenho uma coisa para te mostrar.

Remexi dentro do meu saco de lona, tirei o envelope e dei-o.

- Bolas, isto são provas? - murmurou, olhando de relance para o colega que tinha parado de escrever à máquina, tornando óbvio que a nossa conversa era mais interessante.

- Anda, vamos dar uma volta - disse a Libby, levantando-se e pegando no casaco que estava pendurado nas costas da cadeira.

Era um alívio apanhar ar fresco. Respirei fundo algumas vezes para limpar o nariz e a garganta de todo aquele fumo bafiento.

- Como consegues suportá-lo? - perguntei-lhe.

- O quê?

- O fumo. Podiam pelo menos abrir uma janela.

- Estamos no inverno, caso não tenhas reparado. Não me incomoda, estou habituada. Vamos entrar aqui - disse ela, abrindo a porta do Wimpy Bar e olhando para a fila de bancos altos em frente à janela.

- Nem penses nisso - disse eu. - Quando tens uma barriga deste tamanho, qualquer coisa fora do habitual está fora de questão.

Dirigi-me para um mesa vazia ao lado do balcão.

- Costumas vir aqui?

- Descobriste o meu segredo - disse ela e piscou o olho. - Queres um batido?

Sorri ao concordar e ela fez os pedidos. Depois trouxe as bebidas e sentou-se à mesa.

- Então, do que é que se trata? Estou curiosa - disse ela.

Empurrei o envelope na direção dela e fiz um gesto para que ela o abrisse.

- Dá uma vista de olhos e diz-me o que achas - disse eu.

Ela abriu-o e tirou o recorte de jornal cautelosamente. Colocou-o em cima da mesa e fez o mesmo que eu, virando-o de um lado para o outro.

- Um artigo sobre um torneio de xadrez, em Tidehaven. - Olhou com mais atenção para a data. - Em 1946. OK, porque é que isto é relevante?

- Não faço ideia, mas é importante o suficiente para que o Hugh o tenha escondido no depósito de bagagens.

- Isso é estranho. Ele não te disse mais nada?

- O Hugh trabalhou para uma organização secreta durante a guerra. Já ouviste falar da Executiva de Operações Especiais?

- Li umas quantas coisas sobre isso, sim. Bolas, não é de admirar que ele pareça um homem misterioso. A Dorothy também esteve envolvida nisso? É por isso que ela está em perigo?

- É possível, mas, agora que temos este recorte, estava a pensar se podias descobrir mais alguma coisa.

- Queres dizer, fazer uma pesquisa profissional?

- Er, sim. Talvez vasculhares pelos arquivos?... Talvez tenha acontecido alguma coisa no dia do torneio de xadrez, talvez a data seja uma pista?

- Não podes simplesmente perguntar ao Hugh?

- Ele está muito mal. Quase nem conseguia falar na última vez que o vi. Parecia muito vulnerável, encolhido na cama do hospital. Sinto pena dele.

- Bem, na minha opinião isto é um caso perdido. O teu cliente não te está a dizer o que precisas de saber e agora ele está demasiado mal para te dizer seja o que for. E que tal se esquecesses isto tudo e esperasses que aparecesse um cliente melhor?

- Oh, Libby, ele tem um ar tão triste e tenho a certeza de que não é apenas por causa da doença.

- Ele ainda deve estar de luto por causa da mulher, não?

- Sim, isso também. Não sei, talvez eu esteja a desenvolver antecipadamente um instinto maternal por causa do Feijão.

- Ele tem idade suficiente para ser teu pai.

- Bem, talvez tenha um fraco por causas perdidas. Porém, se esperas que aceite outro caso depois deste, podes esquecer. Vou ter um bebé, não te esqueças.

- OK, vou vasculhar um pouco e ver o que consigo desenterrar.

- Vais ter comigo amanhã à biblioteca? Para me dizeres o que descobriste.

- Bolas, gostas de pressionar. Não sei se posso deixar tudo de lado assim de repente.

- Por favor?... Pelo estado da tua secretária diria que não estás demasiado ocupada com trabalhos entusiasmantes...

- Só porque és tu. Mas ficas-me a dever, não te esqueças.

A Libby era uma pessoa de palavra e na quarta-feira chegou uns minutos antes da hora do almoço a acenar-me com um saco de papel nas mãos.

- Queijo e pickles ou queijo e salada?

- Não sou esquisita. Dá-me cinco minutos para fechar isto.

Coloquei o sinal *Fechado para almoço* na porta, tranquei-a e dei a cadeira extra à Libby.

- O que descobriste? - perguntei-lhe.

- Más notícias: precisamente nada. Pesquisei toda a edição dessa semana e não havia nada remotamente interessante. Apenas as notícias do costume sobre o Instituto das Mulher local, nascimentos, casamentos e mortes. Tidehaven estava desesperadamente a tentar voltar à normalidade depois da guerra. Porém, o racionamento era ainda um grande problema. Havia uma escassez tremenda e para as famílias que tinham perdido o chefe de família durante os combates, ou mesmo a casa... bem, teria sido terrivelmente duro.

O pico de esperança que sentira quando a Libby tinha chegado desapareceu imediadamente. Era como se tivesse sido descartada.

- Come a tua sandes - disse ela.

- Perdi o apetite.

- Vá lá, não desanimes tão facilmente! Vamos ver o artigo outra vez. Tem-lo aí?

Fui buscar o envelope debaixo do balcão, tirei o recorte de jornal e coloquei-o em cima do balcão.

- Então, o que faria o Poirot? - perguntou ela.

- Não faço ideia. O problema com o Poirot é que ele não é real e isto é. Não é apenas frustante. Se a vida da Dorothy está verdadeiramente em perigo, preciso de a encontrar depressa. - Afastei a sandes assim que os soluços começaram. - Oh, Feijão, dá-me um descanso com estes abençoados soluços! Estão a dar comigo em doida.

- Precisas de te acalmar um pouco, respira fundo algumas vezes. Vamos fazer isto de uma forma profissional.

Piscou o olho e apontou para o copo de água que estava ao meu lado.

- Tens razão.

Bebi um pouco de água, acalmei a minha respiração e os soluços desapareceram.

- Temos de assumir que o que é importante é o artigo. Não a data ou o facto de ter sido publicado no Tidehaven Observer.

- Sim, boa. Que mais?

- Temos uma fotografia de um grupo de pessoas em frente ao Teatro Elmrock. Houve um jogo de xadrez. Talvez tenha a ver com isso? Pode ter havido algum tipo de batota e talvez a Dorothy tivesse visto alguma coisa e agora alguém anda atrás dela.

- Porquê esperar tanto tempo?

- Talvez ela os esteja a chantagear?

- Sim, mas porquê esperar vinte e cinco anos? Não faz sentido. Mas isso fez-me ter uma ideia - disse a Libby. - Se a Dorothy estava lá, talvez esteja na fotografia. Podemos estar a olhar diretamente para ela.

Coloquei o meu saco de lona em cima do balcão, remexi lá dentro e tirei o meu caderno. A fotografia da Dorothy que o Hugh me tinha dado estava presa à capa. Examinámo-la e comparámo-la com os rostos do artigo de jornal.

- Uma perda de tempo - disse eu. - Há duas ou três mulheres que podem ser a Dorothy, mas os rostos estão demasiado indistintos e desbotados depois deste tempo todo.

- Oh, Libby, sabes que quanto mais avanço neste caso mais sinto que estou à caça de gambozinos.

- *Nil desperandum.*

- Credo, não sabia que tinha uma assistente tão inteligente.

- Adorava latim quando andava na escola. Todas as traduções eram como um puzzle. Tentava decifrar todas aquelas palavras engraçadas com finais estranhos.

- Eras boa nisso?

- Claro! E tu?

- Claro - disse e sorri. - Agora, voltando ao assunto em questão, o que vais fazer a seguir?

- Tenho uma ideia.

- Fico sempre um pouco apreensiva quando dizes isso.

- Vais gostar desta. Podemos atacar em duas frentes.

- Parece doloroso...

- A sério. Tenho os contactos de todas as pessoas que enviaram histórias para a reportagem especial. Podia visitá-los, dizendo que gostávamos de fazer um artigo mais detalhado, focado na sua história. Podia levar comigo o artigo sobre o jogo de xadrez e mostrá-lo, de uma forma casual, perguntando-lhes se se lembram de alguma coisa sobre esse dia.

- Casual?...

- Posso ser casual como toda a gente, fica a saber - disse ela, sorrindo. - Agora, a outra frente é contigo. Podes fazer o mesmo na biblioteca itinerante. Se tiveres os dois artigos no balcão ou no quadro informativo, podes falar com as pessoas sobre eles.

- Sob que pretexto?

- Pensa em alguma coisa.

- Ótimo, obrigada. Há apenas um problema. Só temos um exemplar do artigo sobre o jogo de xadrez.

- Já ouviste falar em fotocópias?

Concordámos em trocar ideias ao fim de uma semana.

- Tens a certeza de que o teu chefe não se importa? Ele não vai querer saber o que andas a fazer? - perguntei-lhe.

- Ainda estou nas suas boas graças. As vendas do jornal subiram por causa da reportagem especial, por isso estou em grande. Preciso de aproveitar ao máximo antes que ele mude de ideias. Mas, antes de fugires, dá-me as tuas mãos.

- Oh, bolas, isso não, outra vez.

Mostrei as mãos, com dez unhas roídas.

- Assumi como minha missão livrar-te desse hábito horroroso, por isso, faz-me a vontade. Vamos marcar um dia para te pintar as unhas. Vou a tua casa?

- Sim, sábado à noite, se estiveres disponível...

- Perfeito, combinado.

Um pensamento vago começou a formar-se na minha mente. Estava na hora de contar tudo ao Greg e ter a Libby para me apoiar não era uma má ideia.

CAPÍTULO 15

TINHA UMA CONSULTA PRÉ-NATAL marcada, por isso, assim que deixei a carrinha no parque de estacionamento, dirigi-me para a clínica. Ao chegar, reparei que algumas futuras mães se aglomeravam em grupo e, quando me aproximei, vi que rodeavam uma jovem que gemia com a cabeça entre os joelhos. Antes que pudesse dizer ou fazer alguma coisa, uma das parteiras aproximou-se, fazendo caminho por entre as pessoas à volta da jovem.

- Por favor, afastem-se e dêem algum espaço à Sr.ª Bertrand - disse ela.

Recuámos, mas continuámos a observar a parteira enquanto ela falava suavemente com a mulher e lhe esfregava as costas.

- Ela vai ficar bem? - perguntou uma das futuras mães. - Devem ser enjoos matinais. Chamam-lhe enjoos matinais, mas podem surgir a qualquer altura do dia. Passei por isso em todas as gravidezes, é horrível. Faz-me pensar porque é que continuo a sujeitar-me a isso.

- Para si não há problema, é casada e pode tomar a pílula, se quiser - desabafou outra mulher no meio da multidão. Subitamente fez-me silêncio, como se uma linha imaginária tivesse sido ultrapassada.

- Já chega - disse a parteira, tentando tomar o controlo de uma situação que se tornava cada vez mais desconfortável.

A jovem estava agora sentada, ainda pálida e com as mãos à volta da barriga. Enquanto me deslocava para uma das cadeiras vazias, reparei que o dedo da aliança dela estava vazio. Parecia que a Sr.ª

Bertrand afinal não era casada, um facto que podia ter contribuído para o turbilhão de opiniões não expressas sobre a situação difícil das mães solteiras.

- Quanto tempo mais serei atormentada por estes soluços? - perguntei à parteira depois de ela me confirmar que estava tudo bem no que dizia respeito ao Feijão. - Estou grávida de seis meses, os meus sintomas não deveriam já ter passado? Era suposto que o meu corpo já estivesse habituado ao fim de todo este tempo.

- Não é assim que funciona.

A parteira era jovem, com ar inexperiente, possivelmente um ou dois anos mais nova do que eu. Era calma e confiante e fiquei a pensar na forma como a vida nos orienta numa determinada direção. Que tipo de parteira poderia eu ter sido? Como seria ela como bibliotecária? Ou como investigadora privada, já agora.

A seguir, falámos um pouco sobre técnicas de respiração.

- Tem de prestar atenção à sua dieta - disse ela. - Refeições regulares, mas em pequenas porções. Pouco mas frequente é a melhor linha de ação. E evite comida picante e bebidas com gás.

- Parece que o Feijão é um bocadinho esquisito.

- O Feijão?

- Sim, é assim que lhe chamamos. É mais fácil do que dizer "ele" ou "ela" o tempo todo.

Ela olhou-me com ar interrogativo.

- Começou por se parecer com um feijão, pelo menos é isso que as imagens do livro me faziam lembrar.

- Feijão, então - disse ela e sorriu. - A gravidez pode fazer todo o tipo de coisas ao corpo. Algumas pessoas sofrem muito com os enjoos e isso, outras não têm quaisquer sintomas. E não se sabe se a próxima gravidez será igual a esta.

- Não se preocupe, não está prevista mais nenhuma gravidez.

- Nunca se sabe o que o futuro trará.

- Quando se traça o próprio caminho, é exatamente isso que se sabe. Um feijão é suficiente para mim, obrigada.

Quando saí do cubículo, vi a Nikki à espera para entrar.

- Espero por ti? Podíamos ir beber qualquer coisa depois - disse eu quando ela passou por mim.

Ela hesitou e depois anuiu.

- Está bem, sim, não vou demorar.

Passados cinco minutos ela saiu com o sobrolho franzido.

- Está tudo bem? Pareces preocupada - disse eu.

- Sim, está tudo bem - disse, mas as palavras e o tom de voz não combinavam.

Saímos da clínica e fomos até a uma das nossas paragens habituais. Enquanto caminhávamos, falei sobre as indicações que a parteira me tinha dado, mas a Nikki disse muito pouco, apenas anuía de vez em quando em resposta.

Uma vez dentro do café, pedi duas limonadas, ignorando temporariamente os conselhos da parteira sobre bebidas com gás, e depois sentámo-nos na mesa mais afastada da porta. Nesse dia, estava uma aragem fria de outono, por isso, a atmosfera quente do café soube bem.

- Pareces muito calada. Estás bem? - perguntei.

Ela olhou para mim, mas não respondeu.

- Recebeste o meu cartão de agradecimento, não recebeste? Foi um jantar muito agradável. És uma excelente cozinheira. O Greg não se cala por causa do teu Yorkshire. E a companhia também era excelente. Na realidade, demo-nos tão bem com os teus vizinhos, o Howard e a Joanne, que estamos a pensar encontrarmo-nos com eles novamente. Eles têm um barco, sabes, um barquito de pesca. Levei o meu pai e o Charlie a andar nele e, bem, isso é outra história. Um dia um bocado desastroso, para ser honesta.

Enquanto eu tagarelava, ela olhava para a limonada e passava o dedo à volta da borda do copo. Parei de falar para respirar e então ela disse:

- O Frank quer falar contigo.

- OK... Desculpa, mas que queres dizer com ele querer falar comigo?

- Na esquadra da polícia. Quer falar contigo oficialmente, como Detetive Sargento. Ele pediu-me para to dizer quando te visse.

- Oh, OK. - Não sabia o que dizer e uma centena de perguntas passaram-me pela cabeça. - Estou surpreendida por ele te ter pedido para falares comigo sobre isso. Pensava que ele era um defensor de não misturar o trabalho com a vida doméstica...

Olhou para mim com um ar vazio, como se o meu comentário a tivesse feito duvidar dos motivos do marido.

- É por isso que estás chateada comigo? Por causa de alguma coisa que o Frank disse? - perguntei-lhe.

- Tu tornas a nossa amizade muito difícil, Janie.

- Torno? Como é que a torno difícil?

- O Frank tem de ser a minha prioridade. Ele é meu marido e, independentemente do que pensas dele, eu amo-o.

- Nikki, não faço ideia sobre o que estás a falar. Lamento que sintas que fiz alguma coisa errada, mas pensei que tínhamos concordado em nos concentrar na nossa amizade e não deixar nada que os nossos maridos fazem ou dizem interferir com isso.

Ela abanou a cabeça e não respondeu.

- Então, ainda somos amigas? - perguntei-lhe.

- Vais falar com o Frank?

- Sim, claro. Vou lá hoje no fim da tarde.

- Ainda bem. Lamento, Janie, mas por enquanto precisamos de parar de ser amigas. Talvez quando as coisas acalmarem outra vez, então...

- Estás a falar enigmaticamente. Não sei que coisas é que esperas que se "acalmem", mas OK, tudo bem. Fazemos como preferires. Se preferes que não sejamos amigas, fico triste, mas respeito a tua decisão.

Paguei as bebidas e saí do café antes que ela me visse chorar. Não me lembrava da última vez que tinha chorado. Esta não era uma situação de enorme dificuldade, portanto, coloquei a mão na minha barriga de grávida e sussurrei ao Feijão que ele, ou ela, era culpado da minha reação excessivamente emocional. A última vez que alguém tinha decidido deixar de falar comigo eu tinha treze anos. Nem me lembrava porque é que nos tínhamos desentendido. A injustiça que tinha sentido então reapareceu agora, mas pior porque nem sabia o que era suposto ter feito. Esperava que a minha ida à Esquadra da

Polícia de Tidehaven providenciasse algumas respostas.

Na última vez que tinha lá ido, tinha sido para dar ao DS Bright informações sobre a Zara. Desta vez, porém, tinha sido chamada. Fui até à receção e pedi para falar com o Detetive Sargento Bright.

- E você é...? - perguntou o polícia de serviço.

- A Sr.ª Janie Juke. Ele está à minha espera. Pelo menos pediu para falar comigo.

- Certíssimo, *Miss*. Por favor, aguarde um momento enquanto verifico se ele está disponível.

Passado pouco tempo o polícia de serviço reapareceu, seguido pelo Frank Bright, que acenou com a cabeça para me cumprimentar e fez um gesto para que eu o seguisse.

A esquadra de Polícia de Tidehaven devia ter apenas uma sala de interrogatório porque a sala onde entrei era a mesma onde me sentara em várias ocasiões na altura em que procurava a Zara. A sala estava vazia exceto por uma mesa de madeira e duas cadeiras de madeira desconfortáveis. A única janela deixava passar pouca luz e calculei que estivesse permanentemente fechada, resultando numa atmosfera abafada e quase sufocante. Nos meus contactos anteriores com o Frank tinha ficado a saber que ele fumava, mas felizmente desta vez ele não trazia nenhum cinzeiro. Porém, alguém tinha estado a fumar na sala recentemente, pois o cheiro enjoativo ainda perdurava.

- Obrigado por ter vindo, Sr.ª Juke. Sente-se, por favor.

A voz era comedida, quase formal.

Era estranho pensar que a última vez que tínhamos falado estávamos a olhar para a fotografia da sua falecida mulher. Qualquer brandura que tivesse detetado na sua personalidade nessa altura, não era evidente naquele momento.

- Em que posso ser útil? - perguntei.

- Recebi uma queixa.

- Uma queixa?

- Sim, uma queixa sobre si.

Olhei-o nos olhos a tentar perceber como a conversa se iria

desenrolar a partir dali.

- O que me pode dizer sobre essa queixa? Como, por exemplo, quem a fez?

- Não tenho liberdade para revelar o nome da pessoa que apresentou a queixa. Porém, disseram-me que tem sido incomodativa, a fazer perguntas e a seguir pessoas.

- A seguir pessoas? Não precisa de me dizer quem é. É o Kenneth Elm, não é?

Ele olhou fixamente para mim, semicerrando um pouco os olhos, mas não respondeu.

- Posso ser franca consigo, Detetive Sargento?

- Agradecia que o fosse.

- O Sr. Elm tem um carácter extremamente ameaçador.

- Ele ameaçou-a?

- Não diretamente, não, mas ameaçou um conhecido meu. Na verdade, como resultado da sua interferência e intimidação, esse meu conhecido está agora muito mal no hospital.

- Estou a ver. E pode dizer-me o nome desse seu "conhecido"?

- O que se passa é que - continuei, ignorando a pergunta - o meu conhecido pensava que estava a ser seguido. Por isso, ele pediu-me para investigar e foi assim que me cruzei com o Sr. Elm.

- Estava a perseguir o perseguidor?

- Sim, qualquer coisa desse género.

- O que me preocupa, Sr.ª Juke, é o uso da palavra "investigar". Pensei que tínhamos concordado, não há muito tempo, que a "investigação" é um trabalho para a polícia e não para bibliotecárias.

Este era um momento crucial. Partilhava o que sabia com a polícia, apesar da insistência do Hugh de que a polícia não deveria ser envolvida? O DS Bright podia disponibilizar mais recursos para resolver o problema do que aqueles que eu poderia reunir, mesmo com a ajuda da Libby. No entanto, o envolvimento da polícia podia assustar a Dorothy e levá-la a esconder-se ainda mais. Por outro lado, se ela estivesse em perigo, proteção policial talvez fosse exatamente o que ela precisava.

- Lamento saber que o Sr. Elm sentiu necessidade de falar consigo

- disse eu. - E estou surpreendida que tenha envolvido a sua mulher. Como resultado, a Nikki agora sente que já não pode ser minha amiga. Ou talvez fosse essa a sua intenção?

- Tenho a certeza de que concorda comigo se lhe disser que tem uma visão diferente do mundo, Sr.ª Juke. A Nikki tem uma alma sensível, não quero que fique perturbada.

- O quer dizer é que não quer que ela faça as suas próprias escolhas?

- Tal como disse no outro dia, sou antiquado e eu e a minha mulher entendemo-nos. Mas não lhe pedi para vir aqui para falar da minha mulher. Ainda não me disse o nome do seu conhecido. Por favor lembre-se de que, se tem informação que seja relevante para um inquérito policial, precisa de partilhar essa informação. É crime não revelar...

- Sim, eu sei - interrompi-o, esticando a minha mão para apertar a dele. - Se é tudo, Detetive Sargento, vou andando. Porém, terei em conta o que me disse e se houver alguma coisa que eu sinta que seja necessário partilhar consigo, então, claro...

Foi a vez dele de interromper.

- Sr.ª Juke, não é uma questão de necessidade de partilhar. Não estamos aqui a falar de uma reunião de mães. Se tem conhecimento de algum crime que tenha sido cometido, cabe a nós investigá-lo, não a si, percebe?

- Percebo, a sério que percebo. E é bom saber que posso contar consigo se precisar. É muito reconfortante.

- Não somos os reforços de reserva, sabe disso - disse ele, claramente num tom de frustração.

- Não, claro que não - respondi a sorrir.

Saí da esquadra de polícia mais determinada do que nunca em descobrir o que é que o Kenneth Elm se esforçava tanto para evitar que eu descobrisse.

CAPÍTULO 16

SEMPRE QUE O TEMPO está húmido, a carrinha da biblioteca decide não arrancar. Já falei sobre isso ao meu chefe na Biblioteca Central inúmeras vezes, mas ele apenas me diz para a "convencer" a entrar em ação. Em algumas manhãs tudo o que posso fazer é convencer-me a entrar em ação, portanto, problemas adicionais no meu local de trabalho é algo que dispenso. Como resultado da persuasão, ao chegar ao lugar habitual das quartas-feiras na Rockwell Crescent, a Sr.ª Latimer já estava à minha espera. Tinha vindo devolver o livro do marido.

- Ele lê muito depressa - comentei eu enquanto entrávamos na carrinha. - Deixe-me despir o casaco. Como está o Bobby? Está melhor? Já voltou à escola?

Ela suspirou e manteve-se por ali perto do balcão.

- Fez uma grande caminhada. Que tal, sentar-se um bocadinho? É agradável ter alguém com quem conversar.

Ela anuiu e pareceu aliviada enquanto desenrolava o cachecol à volta do pescoço. Fui buscar a cadeira extra atrás do balcão, desdobrei-a e fiz um gesto convidativo para ela se sentar.

- O Bobby está muito melhor, obrigada, - respondeu ela - mas agora é a minha sogra, a Freda. O Edgar, o meu marido, está muito preocupado com ela. Ela está a piorar muito rapidamente. Ele lê em voz alta para ela, está a ver, por isso é que acaba o livro tão depressa.

- Lamento saber que ela está mal.

- Ele é uma rocha, sabe, o meu Edgar. Trabalha o dia todo, come qualquer coisa e depois vai logo ter com a Freda. Faz-lhe o jantar e põe-na a dormir. Não o diria se o visse. Um brutamontes, mas, por dentro, é mole como um marshmallow.

Repreendi-me interiormente. Mais uma vez, tirei conclusões precipitadas. Mais uma vez, estavam erradas.

- Porém, são boas notícias sobre o Bobby, deve estar aliviada - disse eu.

Ela anuiu e o rosto transformou-se com um sorriso animado.

- Sabe, ele até participou na corrida de corta-mato no outro dia. Já percebe como funcionam os inaladores. Desde que use um antes da partida... Bem, está contente por poder participar.

- Vai escolher outro livro para o seu marido? A mãe dele deve estar muito reconhecida pela sua ajuda e apoio. É uma sorte gostarem dos mesmos livros - disse eu e ri-me. - Li em voz alta para o meu pai durante anos, mas escolhímaos sempre o livro à vez. Ele adora aventuras marítimas, mas eu prefiro o crime.

Ela olhou para mim e levantou uma sobrancelha.

- Livros policiais - disse eu e desatámos a rir as duas. Depois eu apontei para o quadro informativo. - O que achou da reportagem especial do Observer? Já teve tempo para o ler? Eu nasci depois da guerra, mas ficar a conhecer as vivências das pessoas aqui em Tamarisk Bay... bem, faz-nos pensar. É muito fácil tomar a vida como garantida, não é?

Quando ela se levantou, tirei a cadeira do caminho para podermos ficar lado a lado em frente ao quadro informativo. Ficámos em silêncio a ler o artigo por alguns minutos e depois ela apontou para o outro recorte de jornal.

- O que é isto? - perguntou.

Aguardei um momento antes de responder, para lhe dar tempo de olhar bem a fotocópia do recorte desvanecido.

- É do Tidehaven Observer, mesmo depois da guerra. 1946 - respondi.

Ela aproximou-se do quadro informativo e olhou para a fotografia.

- Sabe... Bem, que estranho. Pensar que estávamos a falar dela há uns momentos atrás e aí está ela - disse ela, apontando para uma das mulheres na fotografia. - Esta aqui é a Freda.

O rosto dela iluminou-se, como se a sogra subitamente tivesse ficado de boa saúde, jovem e cheia de vitalidade.

- Não está elegante? Sempre soube tirar vantagem da sua beleza, sabe. E nunca foi vista sem chapéu. Tem uns alfinetes de chapéu lindos, que mantém numa caixa de jóias forrada a veludo. Podem valer um ou dois xelins, mas ela nunca os vai vender. Claro que ela nunca os usa agora.

O sorriso desapareceu-lhe do rosto, deixando uma expressão desolada, e a boca descaiu aos lados, acentuando-lhe a tez pálida.

- Que coincidência - comentei. - Olhe, tenho uma ideia que talvez possa animar a Freda. Quer dizer, se concordar, se achar que ela tem disposição para isso...

Por instantes, a Sr.ª Latimer parecia ter ficado perdida nos seus pensamentos e não respondeu. Então, sacudiu ligeiramente o corpo e virou-se para mim.

- Qual é a sua ideia?

- Bem, parece que esta é uma fotografia de uma época em que a Freda era feliz. Podia ir visitá-la, mostrar-lhe o artigo e falar com ela um bocadinho sobre esse tempo. Talvez traga memórias felizes... Claro que ela pode não apreciar a visita de uma estranha, especialmente se não se estiver a sentir no seu melhor, - acrescentei - mas adorava conhecê-la. Parece ser uma senhora encantadora.

- É uma ideia simpática. Ela agora não tem oportunidade de ver muitas pessoas, apenas eu, o Edgar e o Bobby. Alguns vizinhos aparecem de vez em quando para dar um olhinho nela e ela tem um ou outro amigo ainda vivo, mas não é o mesmo de quando era jovem. Ela envolvia-se em tudo. Ajudava na escola, presidia as reuniões do Instituto da Mulher... Não havia um dia que passasse em que ela não estivesse ocupada. O Edgar muitas vezes tinha de tratar do seu próprio lanche depois da escola. Repare, não me estou a queixar. Isso pelo menos significa que sabe cozinhar. Ao contrário de alguns homens.

- Tem razão nisso - disse eu, recordando-me de um dia, não assim tão distante, quando cheguei a casa e encontrei o Greg a tostar um filete de peixe congelado na grelha. - Que tal, se conversasse com o seu marido e depois me dissesse qualquer coisa? Pode ser à noite, ou no fim de semana, se for melhor. Talvez ela se encontre menos cansada se eu for durante o dia?

Dois dias depois dirigia-me para o número 22 da Wilmington Avenue com o artigo sobre o jogo de xadrez guardado dentro do caderno. Não havia muitas perguntas que pudesse preparar antecipadamente, pois não fazia ideia do que a Freda se lembraria desse tempo, se é que se lembrava de alguma coisa. Estava um dia bastante frio, mas, mesmo assim, tinha as palmas das mãos suadas. Nem me tinha dado ao trabalho de calçar luvas.

A Sr.ª Latimer abriu a porta e fez-me sinal para entrar. Depois, seguimos pelo corredor até à cozinha. A casa tinha um ar muito sossegado e eu não gostava de estar a incomodar. Assim que entrámos na cozinha reparei no Bobby sentado à mesa com a cabeça enfiada num livro.

- Viva, Bobby, como estás?

- Muito bem, obrigado, Sr.ª Juke - respondeu e voltou imediatamente a sua atenção ao livro.

- O pai dele precisa de tempo para ele mesmo. O Bobby percebe isso, é um bom menino - comentou a mãe dele, despenteando-lhe o cabelo. - Hoje há jogo de futebol no estádio Pilot Field, portanto, o Edgar vai até lá. Não consigo entender como é possível ver homens atrás de uma bola quando está um frio de rachar ou debaixo de uma chuva torrencial.

- Eu também não, é absurdo. Mas suponho que sejamos todos diferentes - respondi eu a sorrir.

- Quer chá?

Ela encheu a chaleira e colocou-a ao lume.

- Não, obrigada. Queria apenas um copo de água, pode ser? Como está a Freda hoje?

- Neste momento está a dormir, mas ela gosta de beber algo

quente a esta hora, portanto, quando o chá estiver pronto, eu acordo-a e depois podem conversar.

- É uma pena acordá-la se ela estiver a descansar...

- Não, é melhor que ela não durma muito durante o dia, caso contrário passa mal a noite. Tem a certeza de que não quer chá? Não saberia o que fazer sem chá, é a minha salvação. Tudo parece melhor depois de beber uma chávena de chá, era o que a minha mãe costumava dizer quando éramos pequenos.

Sorri e imaginei a conversa que poderia ter um dia com o Feijão sobre os benefícios do chá.

Assim que a chaleira começou a ferver a água, ela encheu o bule, tirou duas delicadas chávenas de porcelana e respetivos pires do armário da cozinha, juntamente com a leiteira e o açucareiro a condizer, e colocou tudo num tabuleiro.

- Este serviço de chá pertence à família Latimer há gerações, disse-me o Edgar. Tenho horror de poder deixar cair um pires ou fazer uma lasca num chávena quando estou a lavar a loiça. Mas a Freda adora ver o serviço a ser usado, tem prazer nisso. Memórias felizes, suponho.

Saí da cozinha atrás da Sr.ª Latimer. Ela explicou-me que, desde que a saúde da Freda se deteriorara, o Edgar tinha decidido converter a sala de estar num quarto para ela. Ao abrir a porta, entrámos numa divisão em completa escuridão, com as cortinas fechadas. Depois de colocar o tabuleiro no aparador, que agora servia de toucador, ela dirigiu-se à janela e abriu as pesadas cortinas de damasco. A sala foi inundada pela luz leitosa do sol.

A Freda parecia muito tranquila. Estava completamente imóvel, virada para um lado, com os cobertores e a colcha puxados até ao queixo. Mechas de cabelo grisalho estavam presas ao lado do rosto. Um forte aroma a violetas enchia o ar.

A Sr.ª Latimer deslocou-se até à cama e colocou gentilmente uma mão sobre o ombro da Freda.

- Acorde, Freda, tem uma visita.

Por instantes não houve resposta nem movimento. Então, reparei que as cobertas se mexeram quando ela esticou as pernas e se virou ligeiramente.

- Vou servir uma boa chávena de chá e depois ajudamos-la a ficar sentada - disse a Sr.ª Latimer.

- Posso sentar-me sozinha, sabes, Ethel. Não estou completamente inválida - respondeu a Freda, com uma voz de sono.

Depois de se ter contorcido um pouco e reposicionado as almofadas, ela ficou sentada direita a bebericar o chá. A Sr.ª Latimer puxou uma cadeira até à beira da cama e fez-me um gesto para me sentar.

- Mãe, esta é a Janie. Lembra-se? Dissemos-lhe que ela a vinha visitar... A Janie gere a biblioteca itinerante aqui em Tamarisk Bay.

A Freda olhou para mim.

- Que pena aquilo do seu pai - disse ela.

- Conhece o meu pai?

Fiquei chateada por não me ter apercebido disso. Estávamos em Tamarisk Bay, claro que ela o conhecia. Ele tinha vivido ali toda a sua vida, tal como a Freda, supus.

- Está espantosamente bem - respondi. - É um fisioterapeuta brilhante, com um verdadeiro dom.

Ela sorriu e acenou com a cabeça.

- Ele era um rapaz esperto, conseguia fazer tudo aquilo a que se propunha. Se a abençoada guerra não tivesse acontecido...

Calou-se e fechou os olhos por um momento, como se perdida num devaneio interno. A nora da Freda olhou de soslaio para mim e depois apontou para o meu saco de lona.

- Mãe, - disse ela - a Janie tem uma coisa para lhe mostrar. Aposto que vai ficar surpreendida quando a vir.

A Freda abriu os olhos e viu-me a tirar o caderno do saco e depois o recorte de jornal. Peguei num dos livros que estavam na mesinha de cabeceira e coloquei por cima o recorte de jornal, aberto, dando-o à Freda.

- O que é isto? - perguntou. - Ethel, passa-me os óculos, por favor.

Depois de colocar os óculos, observou atentamente o recorte de jornal.

- Precisamos de mais luz. Porque é que está sempre tão escuro aqui? - perguntou com um ligeiro tom irritado na voz.

A Ethel ligou o cadeeiro da mesinha de cabeceira e virou-o para a cama. O candeeiro lançou uma luz amarela sobre o papel, tornando a fotografia ainda mais desvanecida.

- A sua nora disse que a reconheceu nessa fotografia - disse eu. - Foi há vinte e cinco anos, se calhar já não se lembra.

Freda olhou para mim e depois voltou a olhar para o artigo. Mexeu-se um pouco para ficar ainda mais direita.

- Claro, - replicou ela - a foto. Tinha-me esquecido do jogo de xadrez.

- Devia ter sido uma ocasião especial.

- Estava envolvida em todo o tipo de grupos e comités nessa altura, não estava, mãe? - comentou a Ethel. - Lembro-me de falar sobre um grupo que tratou da geminação entre Tidehaven e Dordrecht nos anos cinquenta.

A Ethel virou-se para mim para explicar:

- A geminação de cidades foi uma coisa importante. As pessoas viam isso como uma forma de aproximar os países depois da divisão causada pela guerra por toda a Europa.

A Freda acenou devagar com a cabeça. Os olhos estavam agora mais brilhantes e o rosto ficou ligeiramente corado, dando alguma cor à sua pele pálida.

- Deve ter tido a oportunidade de conhecer pessoas interessantes - disse eu. - Suponho que tenha havido visitas de estrangeiros, dignatários... Toda a gente estava tão bem vestida... A Freda estava fantástica. Adoro o seu chapéu.

Finalmente, ela sorriu.

- Sim, querida, toda a gente está bem vestida, mas aqui fica uma lição: não acredite em tudo o que vê.

Ela encostou a cabeça na almofada e fechou os olhos. A Ethel olhou para mim e fiquei na dúvida sobre se aquilo era tudo o que a Freda planeava partilhar connosco. Olhei interrogativamente para a Ethel e virei-me para a porta, pensando se era agora que deveria sair, mas então ouvi a voz da Freda.

- O jogo de xadrez foi ofuscado por outro acontecimento que

ocorreu nesse dia - disse ela.

- Outro acontecimento? - perguntei-lhe.

- Sim, querida - confirmou ela. - Lembro-me bem. Foi a única vez que levei um estalo.

Eu e a Ethel olhámos uma para a outra e depois para a Freda, que agora tinha os olhos abertos e um sorriso malicioso no rosto.

- O que quer dizer, mãe? Está a confundir as palavras?

- Não estou a confundir nada! - A voz dela era mais forte agora, quase indignada. - Posso ter-me esquecido do jogo de xadrez, mas a minha memória sobre tudo o que aconteceu depois disso está tão viva como se tivesse sido ontem. Não é surpreendente, pois não?

- Mas nunca disse nada antes, mãe. O Edgar nunca disse nada.

- Isso é porque ele não sabe. Ninguém sabia, exceto o meu Arthur. Disse-lhe assim que cheguei a casa nesse dia e ele foi diretamente àquela casa. Houve uma discussão terrível, pelo que ouvi dizer. Os vizinhos vieram para a rua para ver o que estava a acontecer.

- Houve uma luta? O Arthur acabou por ficar magoado? - perguntou a Ethel.

- Não, nem só um bocadinho. Tudo o que o Arthur fez foi gritar. Afinal, ele nunca levantaria a mão a uma mulher.

- Uma mulher?!

A voz de Ethel subiu de tom, incrédula.

- Isso mesmo. A mulher que me bateu está aqui mesmo ao meu lado na fotografia. O nome dela é Dorothy. Dorothy Elm.

CAPÍTULO 17

FINALMENTE TINHA UMA ESPÉCIE de boa notícia para dar à Libby quando nos encontrámos no Jefferson, tal como combinado. Depois de pedirmos os cafés, sentámo-nos na nossa mesa preferida, longe da jukebox. Antes que pudesse dizer alguma coisa, ela acenou-me com a mão.

- Não, eu primeiro - disse ela. - Tenho andado ocupada. Entrevistei cinco pessoas e nem uma sequer se lembra do evento de xadrez. Portanto, é bastante inútil. Mas... - calou-se para causar efeito.

- Mas o quê? - perguntei, impacientemente.

- Um dos fulanos que entrevistei conhece o Kenneth Elm. Andou na escola com ele, na verdade.

- Oh, OK. Como é que isso surgiu? A ligação com o Kenneth Elm?

Ela agitou-se na cadeira.

- Bem, - disse ela, mordendo o lábio inferior - eu a modos que mencionei que estávamos a tentar identificar o nome das pessoas da fotografia e pensávamos que uma delas poderia chamar-se Dorothy Elm. E foi aí que ele me contou sobre o Kenneth.

- Acho que isso é o que se chama "conduzir a testemunha".

Ela sorriu e continuou.

- É fascinante porque este tipo disse que, quando andavam na escola, o Kenneth ia muitas vezes com buracos nos sapatos, ou pior. Usava galochas no verão. Basicamente, a família era mesmo muito pobre.

- Bem, já sabíamos isso do que a Phyllis me tinha contado. O pai perdeu o emprego e a mãe limpava casas e lavava roupa. Deve ter sido muito difícil para todos eles. Mas porque é que isso é importante?

- O que aconteceu depois é que é importante, ou poderá ser. Esse fulano disse-me que a Dorothy deixou Tamarisk Bay durante a guerra e o Kenneth ficou para trás.

- Sim, também já sabíamos isso. O Kenneth teria sido demasiado novo para combater e a Dorothy foi para o Exército das Camponesas. Foi aí que ela conheceu o Hugh.

- Sim, mas quando ela voltou, tudo mudou.

- Mudou? Como assim? Ele disse?

- Ele apenas disse que havia rumores. Pressionei-o o mais que pude, mas ele não disse mais nada. Fechou-se em copas.

- Portanto, não foi grande ajuda - comentei, não conseguindo disfarçar a minha irritação.

- Não te zangues comigo. Fiz-te um favor. Pelo menos descobri alguma coisa.

- Desculpa, não estou zangada contigo. Isso é ótimo, mesmo. É só porque, cada vez que encontramos uma pista, depois entramos novamente num beco sem saída.

- Então e tu? - perguntou ela. - Descobriste alguma coisa da parte dos teus clientes?

- Vamos beber outro café e depois eu conto-te.

Quando terminámos de beber os cafés, já lhe tinha contado sobre a Freda e o seu encontro memorável com a Dorothy Elm.

- Ela disse porque é que a Dorothy lhe deu um estalo?

- Foi difícil. Ele é muito querida, senti-me mal em perguntar-lhe. Começou a ficar muito angustiada.

- Acredito. Ser recordada de que alguém lhe bateu deve ser incrivelmente inquietante.

- Ela não estava a chorar nem nada disso, pelo contrário. Estava indignada, como se pensar "*naquela mulher*" a fizesse ter vontade de se levantar da cama e ir à procura dela. Na verdade, foi inspirador vê-la tão cheia de atitude. É assim que quero ser quando for velha.

- Coitado do Greg se é isso que ele vai ter pela frente - brincou a Libby, com um sorriso rasgado.

- Ah, sim, bem, pode ser que tenhamos atitude em conjunto.

- Então, coitado do Feijão. Talvez ele ou ela fuja para a Austrália para ficar longe de vocês os dois. Mas vamos voltar ao assunto em questão, que mais disse a Freda?

- Nada mais. A nora dela, a Ethel, estava preocupada que a estivéssemos a transtornar. Não é bom que fique enervada. Desde que a Freda teve um AVC... bem, podes imaginar.

- Ah, não é um bom plano então.

- Exactamente.

- Descobriste mais alguma coisa?

- Perguntei-lhe se a Dorothy ainda vivia em Tidehaven, que era onde ela morava quando a Freda se desentendeu com ela.

- Tidehaven é grande e 1946 foi há muito tempo.

- É tudo o que temos para poder avançar. Sabemos que o Kenneth se mantém em contacto com a Dorothy e ele é a nossa única pista. Ele deve ir visitá-la a dada altura. E se o seguíssemos?

- Fazes parecer que isso é muito simples. Esqueces-te de duas coisinhas. Primeiro, ambas temos um emprego, o que significa que não podemos sair de repente. Segundo, foste avisada pela polícia para te manteres longe do Kenneth.

- Ah, sim – disse eu, anuindo.

- Isso é muito sério, Janie. Não vais querer ter o bebé na prisão.

Sorri ao recordar-me de uma conversa semelhante que tivera com o Greg quando procurava a Zara.

- Vamos ter muito cuidado. Não precisamos de nos aproximar demasiado. Só precisamos de ver a casa para onde ele vai, à distância. Talvez possa finalmente dar uso à minha câmara.

- E depois?

- Depois esperamos que ele se vá embora e batemos à porta.

- Portanto, o teu plano é esperamos em frente ao veterinário todas as noites na esperança de que ele decida ir visitar a irmã? Tenho a certeza de que o Greg vai adorar. Tenho um pressentimento de que irias ficar sem desculpas rapidamente.

Tirei o meu caderno de dentro do saco de lona só para ter alguma coisa que fazer enquanto refletia sobre o problema.

- OK, vamos ver - disse eu, folheando as últimas páginas onde tinha feito apontamentos. - Pensemos no Hugh e na Dorothy. O Hugh era uma espécie de herói, um piloto, que estava disposto a fazer missões perigosas. Mas o Kenneth diz que ele é um mentiroso. A Dorothy também devia ser corajosa ao aceitar o trabalho duro da lavoura e depois arriscar a vida ajudando a resistência francesa. E, no entanto, por aquilo que a Freda diz, a Dorothy não é uma pessoa muito simpática. Não se anda a bater nas pessoas se se é uma pessoa simpática, pois não?

As imagens que a pobre da Freda evocou na minha mente lembraram-me do que o Owen me revelara na altura em que procurava a Zara. Quanto mais sei sobre as pessoas, mais complexas elas parecem. Pelos vistos, há pessoas que conseguem conter a raiva e outras que não têm problemas em a soltar. Depois há as que parecem não ter num pingo de raiva no corpo, como o meu pai, por exemplo. Porém, vá-se lá saber o que as pessoas vão acumulando dentro delas até que um dia salta a tampa e explode tudo de uma vez só.

- Também há o fulano com quem falei, - disse a Libby, trazendo-me de volta ao presente - o Sr. Task, que insinuou que havia rumores sobre a família Elm.

- O cerne da questão é que as duas pessoas com quem estamos a lidar, o Hugh e a Dorothy, têm coisas a esconder. Além disso, se ambos trabalharam para a SOE, são peritos em manter segredos.

A Libby agitou-se na cadeira, pegando no açucareiro que estava no meio da mesa e deslocando-o de um lado para o outro.

- Estás a jogar xadrez? - perguntei.

- É um pouco como o xadrez, não é? Tentar adivinhar qual será a próxima jogada da outra pessoa. A Freda disse que a Dorothy estava em Tidehaven para o jogo de xadrez, mas ainda não sabemos se a Dorothy ficou em Tidehaven. Já se pode ter mudado para outro sítio. Detesto dizer isto, Janie, mas acho que estamos a perder tempo. Sugiro que digas ao Hugh o que descobrimos até agora e ele que faça o quer quiser com isso.

- Passas o tempo a dizer-me para desistir, mas, como disse antes, o Hugh está demasiado doente para fazer seja o que for.

- Bem, esse problema não é teu, pois não?

A Libby tinha razão, havia demasiadas perguntas sem resposta no meu caderno. O Hugh não me tinha dito toda a verdade sobre a Dorothy, tinha a certeza.

Quando fui a casa do meu pai, falei com ele sobre isso.

- Gostas de dificultar tua vida, não é? - comentou ele.

- Alguma ideia sobre o que devo fazer a seguir? Além de abandonar o assunto de vez?

Estávamos na cozinha e o Charlie estava sentado ao lado do meu pai com a cabeça no joelho dele.

- É uma pena que não sejas um cão pisteiro - lamentei-me, dando-lhe uma festinha na cabeça.

- O que é que querias que ele farejasse?

- A verdade da situação. Neste momento, sinto como se estivesse a tricotar uma camisola Aran complicada sem ter um padrão e usando as agulhas erradas.

- Nunca tricotaste na vida - disse o meu pai e sorriu. - Faz o que fizeste no caso da Zara, volta ao básico.

- Pensei que tínhamos feito isso com a reportagem especial da Libby. Pensei que olhar para o passado iria ajudar a tornar o presente um pouco mais claro.

- Achas que a Freda vai dizer mais alguma coisa sobre o incidente da estalada?

- Não posso pressioná-la, ela está muito fraca. Não é justo pedir-lhe para se recordar de um acontecimento tão desagradável.

- E dizes que a Freda trabalhava para a escola? A tua antiga escola? A escola primária de Grosvenor, onde a Phyllis era professora?

Levantei-me de repente e o Charlie desencostou a cabeça do joelho do meu pai e olhou para mim.

- És absolutamente maravilhoso - disse eu enquanto me inclinava para o meu pai para o abraçar.

- Sou? - respondeu ele a sorrir.

O Charlie colocou-se ao nosso lado com um olhar expectante.

- Não, Charlie, isto não significa que vamos dar um passeio mais cedo. Significa que o teu dono orientou mais uma vez esta detetive novata para o caminho certo.

- É um prazer poder ser útil - ripostou o meu pai, colocando a mão dele em cima da cabeça do Charlie. - Manténs-me ao corrente?

- Claro. Vou agora fazer uma visita à Phyllis, se o chefe concordar?...

- Já fizeste o trabalho todo de hoje?

- Yep.

- Vai-te embora, então. Espero que ela te possa ajudar. Mas, Janie, se ela não te puder ajudar, talvez precises de pensar seriamente em desistir disto.

Agora que as tardes estavam a ficar mais curtas e as noites mais longas, tinha a certeza de que encontraria a Phyllis em casa, ou a fazer um bolo na sua cozinha quentinha, ou a ler em frente à lareira. Demorou algum tempo a abrir a porta e, quando isso aconteceu, parecia um pouco agitada.

- Ah, és tu - disse ela. - Entra, entra.

Segui-a até à cozinha e reparei que estava a coxear.

- Está tudo bem? - perguntei-lhe.

Ela sentou-se numa cadeira e suspirou.

- Ei, isso não parece teu. Qual é o problema?

- Foi uma estupidez. Estava a deslocar alguns vasos ao fundo do jardim, pois há muito que já devia ter plantado os bolbos. Devo ter feito um movimento esquisito e senti o tornozelo a torcer.

- Ai! – disse eu e coloquei a minha mão no ombro dela. - Puseste gelo no tornozelo? Ou pô-lo de molho em vinagre? É suposto ajudar. Queres que dê uma vista de olhos?

- Devia oferecer-te algo para beber - disse ela, levantando a perna um bocadinho e mostrando o tornozelo inchado.

- Nem penses nisso. Fazemos assim: vai descansar a perna no sofá e eu preparo uma bebida quente.

Ela anuiu, levantou-se e foi devagar para a sala de estar. Mais tarde, depois da chaleira ferver a água, juntei-me a ela, levando o tabuleiro com as bebidas e o pote das bolachas.

- Tomei a liberdade... - disse eu, oferecendo-lhe uma bolacha. - Algo doce para ajudar a ultrapassar o choque, ou a dor, ou ambos.

Sentei-me na poltrona ao lado dela e por algum tempo bebericámos as nossas bebidas em silêncio.

- Conta-me alguma coisa interessante para desviar a atenção deste tornozelo desgraçado - pediu ela. - Como vai o teu caso?

- Bem, tem piada que perguntes isso - respondi, sorrindo de esguelha.

- Vieste para me interrogar novamente? Não sei que mais te posso dizer sobre o rapaz Elm.

- É outra pessoa desta vez. Lembraste-te da Freda Latimer?

- Se me lembro dela? Ainda somos amigas. Uma pessoa tão adorável... É uma pena que esteja tão mal. Era uma força da natureza quando era mais nova.

- Ela disse que ajudava na escola. Não me lembro dela, por isso não deve ter sido durante o meu tempo na Grosvenor...

- Não, foi muito antes, nos anos cinquenta. Era diretora da escola. Não sei como é que ela tinha tempo para fazer tudo aquilo que fazia. Pensa num comité dessa altura e a Freda Latimer estava envolvida de alguma forma. Tal como disse, uma força da natureza.

- Ela falou-me num desentendimento com a Dorothy Elm.

- Um desentendimento? Podes ser mais específica?

- Bem, ela alega que a Dorothy lhe deu um estalo.

- Tens a certeza? Quando a Freda estava no seu auge, era impetuosa. Não consigo imaginar alguém a conseguir superá-la.

- Portanto, ela nunca te falou desse incidente? Não é algo que te lembres?

Tirei o meu caderno de dentro do saco, peguei no recorte de jornal e passei-o à Phyllis para ela o ver.

- Aconteceu no mesmo dia que esta fotografia foi tirada. Pelo menos é assim que a Freda se lembra.

A Phyllis examinou o recorte de jornal e leu o pequeno artigo.

- De facto, esta parece a Freda, embora a fotografia esteja muito apagada. E dizes que é a Dorothy que está ao lado dela?

- Bem, é possível que a Freda se tenha confundido. Já foi há muito tempo, afinal.

- Queres que veja o que posso descobrir? Podia passar pela casa da Freda e falar sobre isto.

- Acho que não devias ir a lado nenhum com o tornozelo nesse estado. Sopas e descanso é o que eu recomendo.

- E desde quando é que eu sou to tipo de descansar? Deixaste-me curiosa agora. Já percebo o que a Libby quer dizer com esta brincadeira de ser detetive amadora. É bastante viciante, não é?

- Deixa isso comigo. Afinal, sou eu que está a ser paga.

CAPÍTULO 18

O Hugh ia ter alta do hospital na quinta-feira.

- O médico diz que ele está um bocadinho melhor - disse-me a Sr.ª Summer quando foi à biblioteca para me avisar. - Já lhe tiraram o oxigénio. Isso é bom. Muito bom.

- Folgo muito em sabê-lo. Será que ele vai conseguir subir as escadas sem problemas?

O quarto do Hugh era o número 22, ao cimo de dois lances de escadas íngremes de uma casa vitoriana.

- Sim, devagar, devagar - informou ela. - Telefonou-me do hospital. "Srª Summer", disse ele, "posso voltar?" "Claro que sim", disse eu, "o seu quarto está à sua espera".

- Bem, tenho a certeza de que ele ficou aliviado. Vou lá visitá-lo, se puder ser. Ao fim da tarde, para o deixar instalar-se primeiro.

- Sim, podemos lanchar todos juntos - animou-se ela, encantada com a ideia de uma festinha improvisada.

O alojamento do Hugh ficava ao fundo da First Avenue. Todas as casas tinham um pequeno jardim na parte da frente e um pátio ainda mais pequeno na parte de trás. Porém, como faziam fronteira com o jardim Maze Gardens, beneficiavam de uma vista encantadora. Apesar das árvores estarem quase despidas nesta altura, havia beleza nessa nudez e nesse dia o céu estava limpo e o sol luminoso, depois da geada da manhã. Pensei no Greg ao perspectivar os meses frios que aí vinham. Seria o primeiro inverno na empresa de construção civil. O tempo não o iria incomodar porque, afinal, antes de ir trabalhar para a Mowbray ele lavava janelas, o que tinha os seus próprios problemas, tendo em conta o clima britânico. Porém, como pedreiro, ou pelo menos como aprendiz de pedreiro, pensava no que aconteceria quando estivesse demasiado frio para colocar tijolos. Seria pago na mesma? Talvez todo o dinheiro que recebesse do Hugh devesse ser posto de lado para um dia de chuva, por via das dúvidas.

Cheguei a casa da Sr.ª Summer com um pacote de tarteletes de compota, devidamente acondicionadas dentro do meu saco de lona, ao lado do caderno. Esperava que as tarteletes não transformassem o caderno numa pasta pegajosa.

A Sr.ª Summer levou-me até à sala de estar, onde o Hugh estava aconchegado numa poltrona perto da lareira com um cobertor à volta das pernas.

- Bem, parece quentinho e confortável - comentei.

- Sente-se aqui, Sr.ª Juke, - apontou ela para a poltrona ao lado da do Hugh - e eu vou buscar o chá.

- Oh, eu trouxe isto - disse eu, enfiando as mãos dentro do saco para tirar as tarteletes de compota.

- Muito simpático da sua parte - agradeceu ela.

- Hum, posso beber café? Por alguma razão estranha, desde que engravidei que não consigo beber chá. Parvo, eu sei.

- Não é parvo. Não percebo como é que os ingleses conseguem beber chá com leite. Eu bebo com limão, mas levei anos para me habituar ao sabor. Até então, apenas água. Eu bebo sempre água - disse ela, levantando as mãos num gesto de desespero.

- Ah, bem me parecia que tinha detetado uma pronúncia, Sr.ª Summer. Onde nasceu?

- Em Puglia, no sul de Itália. Por favor, chame-me Rosetta.

- Que maravilha! E conheceu o seu marido em Itália?

- Sim, durante a guerra. Apaixonámo-nos e depois viemos para aqui e ele morreu, deixando-me com os vossos invernos frios.

Fiz um sorriso amarelo e depois virei-me para o Hugh para ver como ele estava a lidar com a referência sobre a morte.

Provavelmente não seria a conversa animadora que um médico recomendaria para um paciente em recuperação.

- Tem razão sobre os invernos frios, - disse Hugh calmamente - embora seja uma ótima desculpa para uma boa lareira.

- Vou fazer o chá - disse a Rosetta.

Sentei-me ao lado do Hugh e olhei para ele atentamente.

- Então, como está? - perguntei-lhe. - Parece melhor do que da última vez que o vi.

- Os hospitais não estimulam o bem-estar. É difícil parecer saudável quando estamos rodeados por gente doente - comentou ele, sorrindo. Continuava a falar devagar, intercalando cada palavra com pequenas respirações fundas. - Tem novidades?

Estava perante o mesmo dilema de quando o Hugh estava no hospital. Precisava de escolher bem as palavras para garantir que não o iria enervar de forma nenhuma e agravar o seu estado de saúde. Antes que pudesse responder, a Rosetta voltou com um tabuleiro onde estava um bule, uma cafeteira e as minhas tarteletes de compota colocadas num prato de porcelana delicado. Juntamente com as tarteletes estavam bolachas diversas, que ela ofereceu a mim e ao Hugh antes de servir as bebidas.

- Leite, açúcar? - perguntou ela.

Eu e o Hugh respondemos ao mesmo tempo, o que nos fez a todos rir e reduzir a tensão na sala. Agora que a Rosetta estava ali connosco, fiquei na dúvida sobre que tipo de conversa podia ter com o Hugh. Tinha a certeza de que ele não queria que ela soubesse sobre o caso de que ele me tinha incumbido.

- Gostava de regressar a Itália? - perguntei à Rosetta.

- Um dia, talvez - respondeu ela, mas não parecia querer dizer mais nada.

- O médico aconselhou-o a ficar em casa, Hugh? - perguntei. - Tenho a certeza de que os ventos frios não iriam ajudar. Hoje está um gelo lá fora.

Ele sorriu e anuiu.

- O seu marido era de Tamarisk Bay, Rosetta? Foi por isso que se instalou aqui?

- Sim, era de perto daqui. A família dele vive em Tidehaven, mas nós gostamos desta casa, desta área. É mais tranquilo que Tidehaven. Eu gosto de tranquilidade.

- Ainda mantém o contacto com a família dele? - perguntei, apercebendo-me de que o que tinha começado por uma tentativa de conversa de circunstância estava a parecer-se mais com um interrogatório.

- Sim, vou lá às vezes. A mãe dele é muito amável para mim. O pai dele também. Ele ajuda-me com o inglês. Peço desculpa, tenho de ir ver o jantar. Tenho uma galinha no forno. O Sr. Furness gosta de galinha - disse ela e saiu de repente da sala.

Tive vontade de suspirar de alívio, mas contive-me. O Hugh virou-se para mim com ar apreensivo.

- Tem alguma coisa para me dizer? Sobre a Dorothy?

- Obtive um pouco mais de informação. Parece que a Dorothy estava a viver em Tidehaven depois da guerra. Não há certeza se continua a viver lá, mas é possível.

- Ah, - disse ele - sim, isso faria sentido.

- Também falei com uma pessoa que conheceu a Dorothy. A Sr.ª Freda Latimer. Esse nome diz-lhe alguma coisa?

Ele abanou a cabeça.

- Posso fazer-lhe uma pergunta, Hugh?

Ele anuiu e eu hesitei, tentando fazer a pergunta da forma mais suave possível.

- O Hugh teve uma conversa com o Kenneth Elm quando esteve no hospital.

Ele anuiu novamente.

- A conversa enervou-o bastante. Pode partilhar alguma coisa dessa conversa comigo? Dizia respeito à Dorothy?

- Preferia não falar sobre isso.

- O que acontece, Hugh, é que... - hesitei - ... há algumas lacunas na informação que me deu sobre a Dorothy.

Observei-o e monitorizei a respiração dele, suspendendo a minha própria respiração para ver se já tinha ido longe demais ou dito algo que não devia.

- Sei que está preocupado com o facto de ela estar em perigo, - continuei - mas não foi específico sobre que tipo de perigo. Pelas conversas que tenho tido com várias pessoas no que diz respeito à família Elm... Bem, há rumores, esqueletos no armário, por assim dizer. Pode lançar alguma luz sobre estes rumores? E o recorte de jornal, o que guardou no depósito de bagagens... Que importância é que isso tem?

Antes que ele pudesse responder, a porta abriu-se e a Rosetta juntou-se a nós outra vez.

- Aprendi a fazer o assado inglês. Acho que sou boa nisso.

Ela sorriu e começou a recolher as chávenas e os pratos.

- Sim, é uma excelente cozinheira, posso confirmar isso - disse o Hugh. - Tenho apreciado bastante todas as refeições desde que aqui cheguei. Talvez um dia possa fazer um jantar italiano?

- Acho que os ingleses não gostam de comida italiana. Vocês gostam dos legumes moles, cobertos de calda.

- Molho de carne? - perguntei e ela anuiu.

- Adorava provar os seus cozinhados italianos - disse o Hugh.

- Estou com o Hugh. Verdadeira comida italiana, feita por uma verdadeira cozinheira italiana, seria fantástico.

- Então, também tem de vir, com o seu marido. Vou fazer *spaghetti all'amatriciana e insalata tricolore* - disse ela, gesticulando com as mãos no ar.

- Bem, parece maravilhoso, mas agora acho que devia ir-me embora para deixar o Hugh descansar - disse eu.

- Falamos outra vez - disse o Hugh com intenção, olhando diretamente para mim.

- Sim, claro. E, Rosetta, obrigada pelo café. Vemos-nos em breve.

Se eu fosse uma criança, teria deitado abaixo a minha caixa dos brinquedos e atirado os brinquedos à volta da sala, em frustração. Tinha voltado ao ponto de partida. Sabia um pouco mais sobre a Dorothy e um pouco mais sobre o Hugh, mas nada que me conduzisse a uma resolução. Era uma boa bibliotecária. Talvez devesse seguir o conselho de toda a gente e desistir disto.

Era sexta-feira e fiquei surpreendida quando a Sr.ª Latimer entrou pela porta adentro. A Framlington Road era o sítio mais longe para ela vir a pé. O seu dia habitual era à segunda-feiras, quando estacionava na Milburn Avenue, que ficava ao virar da esquina da sua casa.

- Não vim por causa dos livros - disse ela, aproximando-se do balcão.

O rosto estava corado, como se tivesse vindo a correr. Porém, imaginar a Ethel Latimer a correr era como imaginar um grande cão dongue alemão a tentar andar de bicicleta, incompatibilidade total.

- Respire um pouco - disse eu. - Quer sentar-se um pouco, beber um pouco de água? Parece estar com calor.

Ela aceitou a minha oferta e deixou-se cair em cima da cadeira de madeira que eu tinha desdobrado. Todos os dias trazia comigo duas garrafas térmicas, uma com água quente e outra com água fria. Servi-lhe um copo de água fria e esperei que recuperasse o fôlego.

- Não quis deixar passar demasiado tempo para falar consigo - disse ela. - Tive um pressentimento que mostrar aquele artigo de jornal à Freda... Bem, era importante, não era? Aquilo que ela disse sobre o tal desentendimento com aquela mulher... Pude perceber pelo seu rosto que ficou chocada, não ficou?

- Um pouco surpreendida, talvez - respondi.

- Eu também fiquei. Foi a primeira vez que ouvi tal coisa. Foi bom não a ter pressionado para obter mais informações.

- Não a quis enervar. É uma senhora realmente encantadora, é uma pena que não esteja bem de saúde. Deve ser difícil para o seu marido, ele deve preocupar-se muito.

A Ethel tirou um lenço de dentro da mala e passou-o pelo rosto.

- Eu preocupo-me. Por causa do Arthur, por causa da Freda... e depois há o Bobbly.

- E quem se preocupa consigo? - perguntei e coloquei a minha mão no ombro dela.

- Oh, eu estou bem, só estou a ter um dia mau.

- Não me tinha apercebido de que a Phyllis Frobisher era amiga da sua sogra. Ela disse-mo no outro dia. Afinal são amigas há muito tempo, desde que a Freda era diretora da escola.

Ela anuiu.

- Era isso que lhe queria dizer. A Phyllis foi visitar a Freda. Eu estava lá com o Bobby. O Arthur tinha ido levantar uma receita do médico, portanto, eu disse-lhe que ficávamos ali com a Freda. Depois a Phyllis apareceu e eu deixei-as a conversar. Andava às voltas na cozinha e não tinha intenção de ouvir atrás da porta, mas depois ouvi o nome de Dorothy Elm e... Bem, confesso que fiquei curiosa.

- Ficou a saber o que tinha acontecido, porque é que a Freda e a Dorothy tiveram uma desavença?

- Não consegui perceber muito bem, para ser honesta, mas se lhe contar o que ouvi, talvez faça sentido para si.

Sustive a respiração na expectativa.

- "*Não consegui deixar passar, depois de tudo o que a pobre da mãe deles tinha passado. Devia estar a dar voltas no túmulo*". Foi o que a Freda disse.

- Não conseguia deixar passar o quê?

- Não sei, mas o que sei é que, fosse o que fosse, a Freda ainda está chateada com isso, ao fim destes anos todos.

- E ela disse isso à Phyllis?

A Ethel anuiu e depois levantou-se e deu-me o copo vazio.

- É muito amiga da Phyllis, talvez ela possa ajudá-la a lançar alguma luz sobre o assunto? Tenho de ir, obrigada pela água.

Talvez na próxima vez que fosse visitar a Phyllis, ela me pudesse ajudar a saltar o obstáculo seguinte, ou pelo menos fazer-me arrancar do bloco de partida. Começava a achar que a Phyllis e a Libby mereciam pelo menos metade do dinheiro que o Hugh me ia dar para resolver o caso.

CAPÍTULO 19

DEPOIS DE CHEGAR DA mercearia, eu e o Greg desfrutávamos de um sábado tranquilo.

- Tostas de queijo para o almoço - disse eu, colocando a última peça de fruta na fruteira.

- Perfeito. Cheguei a dizer-te que o meu pai se ofereceu para me ajudar a decorar o quarto do Feijão? Nós escolhemos o papel de parede e a tinta e depois ele vem cá à noite e aos fins de semana. Não deve demorar muito se formos dois.

- É muito simpático da parte dele e uma boa ideia tratar disso quanto antes. Significa que o Feijão não terá de lidar com o cheiro a tinta fresca durante as primeiras semanas de vida. Bolas, imagina, um bonito quarto de criança em vez de uma divisão cheia de caixas por abrir. Vai motivar-me para arrumar todos aqueles livros e fotografias antigas. Tenho coisas ali desde o tempo da escola.

- Deixa-me adivinhar, boletins escolares a dizerem que devias "concentrar-te mais"?

- Acho que sonhava acordada muitas vezes. E os teus boletins? Aposto que só eras feliz quando estavas lá fora a dar pontapés numa bola...

- Não suportava estar fechado numa sala de aula.

- Provavelmente o jogador de futebol George Best disse a mesma coisa e ele teve sucesso na vida. A propósito, tinha intenção de te dizer que a Libby vem cá esta noite, pode ser?

- Por mim, tudo bem.

- Não vais ao pub, pois não?

- Não estava a pensar ir, não. Porquê? Queres-me fora daqui para ficarem as duas a tagarelar?

- Não, pelo contrário. Ela vem fazer-me a manicura. Acha que pode curar a minha mania de roer as unhas ao pintá-las. Não estou convencida, mas vale a pena tentar.

- Tenho andado para te perguntar sobre isso. Tenho estado a observar-te e tenho a certeza de que nem te apercebes que o estás a fazer. Quando estamos a descontrair ou, pelo menos quando eu estou a descontrair, lá estás tu a roer. Está tudo bem?

- O que queres dizer?

- Com o Feijão, com o teu pai?...

- Sim.

Senti uma agitação por dentro que não tinha nada a ver com o Feijão.

- Porém, há uma coisa. - Calei-me, bem consciente de que ele observava o meu rosto com atenção para tentar ler a minha expressão. - Preciso de te dizer uma coisa, mas não quero que te zangues.

Ele aproximou-se de mim e pegou-me na mão.

- Anda, vamos sentar-nos. Isto provavelmente tem a ver com o facto de chegares quase sempre tarde a casa. A Libby envolveu-te nalgum esquema desmiolado?

- A Libby está envolvida, sim - hesitei, esforçando-me por encontrar a melhor forma de explicar. - Acontece que... bem, aceitei um caso.

- Meu Deus, Janie, por favor não me digas que estás outra vez numa missão individual para salvar um desconhecido desgraçado.

- Não, não é uma missão individual desta vez. Eu pedi ajuda. A Libby e a Phyllis estão a ajudar-me. Bem, a Libby principalmente. - Calei-me, apercebendo-me o quão patéticas soavam as minhas desculpas. - Lamento não te ter contado antes. Sei que te preocupas, mas sabes que nunca poria o Feijão em risco. É só que...

- É só o quê? - interrompeu ele. - Sou o teu marido, Janie. Já te esqueceste disso? Pensava que éramos parceiros.

- Somos parceiros, claro que sim. Vou tentar explicar, mas, para ser honesta, não sei se eu própria o percebo bem.

- Isso não é um bom começo, então - comentou ele com voz exasperada.

- Adoro estar casada contigo e estou incrivelmente entusiasmada por me tornar mãe. O meu trabalho na biblioteca dá-me a oportunidade de falar com pessoas e rodear-me de livros e, claro, os dias com o meu pai são preciosos. Porém, isso não é suficiente para mim.

- Devias estar agradecida por aquilo que tens.

- E estou, mas sabes o quanto adoro a ideia de investigar um crime. A Agatha Christie e o Poirot são parte de mim desde sempre. É como tentar resolver um puzzle da melhor maneira, um em que tens a oportunidade de acrescentar peças, mexê-las de um lado para o outo e depois, se tiveres sorte, finalmente encaixá-las umas nas outras e encontrar a solução.

- Compra um quebra-cabeças, então - disse ele.

- Não é apenas porque adoro fazer isso, - continuei, ignorando o sarcasmo dele - é porque sou boa nisso. Tão boa, na verdade, que há quem esteja disposto a pagar-me.

Observei-lhe o rosto, que era um misto de choque e admiração.

- Isso é legal? Aceitares dinheiro por serviços prestados? Há algum tipo de acordo escrito?

- Não sei se é legal - respondi, à espera que ele assimilasse a informação.

- Percebo que sejas ambiciosa e isso é ótimo - disse ele. - Eu também sou, caso não tenhas reparado. Mas eu escolho estar dentro da lei.

- Por isso é que fazemos um bom par.

- Porquê? Porque eu cumpro a lei e tu não?

- Não, tonto, porque somos ambos ambiciosos. Errei ao não te contar sobre este caso, sei isso agora. Tinha medo que me tentasses dissuadir.

- Tê-lo-ia feito - ripostou ele, voltando a ter brandura na voz.

- OK, e que tal se te puser ao corrente da situação? Eu conto-te tudo o que tem acontecido até agora relacionado com o caso e depois fazemos uma pacto.

- Que tipo de pacto?

- Prometo partilhar tudo contigo a partir de agora.

- E o que é que tenho de fazer em contrapartida? - perguntou, com um sorriso a esboçar-se na cara.

- Passar a ferro ou aspirar, escolhe, - respondi, abrindo os meus braços para o abraçar - mas que tal um abraço para começar?

Ele levantou-se, envolveu-me nos seus braços e apertou-me contra ele.

- A minha mulher, uma detetive privada. Bolas, não sei como é que os rapazes lá no trabalho vão aceitar isso.

- É melhor não contar a ninguém - disse eu de uma forma um bocadinho ríspida antes de perceber que ele estava a brincar comigo.

- A minha boca é um túmulo - disse ele e deu-me um beijo intenso nos lábios. - Já pensaste sobre a minha ideia de termos um cão?

- Sim e não.

- Bem, eu já. Acho que devíamos esperar até o Feijão nascer e termos tudo controlado e depois decidir o que fazemos sobre isso. O que achas?

- Perfeito.

Quando a Libby chegou, já tinha colocado o Greg a par da situação sobre a procura pela Dorothy.

- Todas as ideias serão bem recebidas - disse eu mesmo antes da campainha tocar a anunciar a chegada da Libby.

- Apresenta-se a sua manicura ao serviço, minha senhora - disse ela, dando-me uma bolsa de cosméticos. - Tens cinco opções de cores, desde o rosa mais delicado até ao vermelho vampiro. É só escolher.

- Talvez experimente todas, - disse eu a sorrir - uma em cada unha, o que achas?

- Pode ser um exagero, mas tu é que mandas.

- Em várias assuntos, pelo que ouvi dizer - comentou o Greg, juntando-se a nós no vestíbulo.

A Libby olhou-me interrogativamente antes de se virar para o Greg e o cumprimentar.

- Está tudo bem, eu contei-lhe tudo. Na verdade, ia mesmo agora perguntar se ele se queria juntar à nossa equipa de investigação, se achares bem... Apenas como consultor, claro.

- Ah, não, obrigado - disse o Greg. - Não me importo de dar opiniões, mas não sou do género de andar a correr atrás das pessoas.

- Deixa-me adivinhar, preferes ir ao pub - disse a Libby, piscando o olho.

Todos os anos, no primeiro dia de dezembro, vou até ao sótão da casa do meu pai para ir buscar três caixas de decorações de Natal. Cada bola e cada fita são cuidadosamente desembrulhadas e colocadas em cima da mesa da sala de jantar. Pego em cada peça e ando pela casa, levando o espírito festivo a todas as divisões, até mesmo à casa de banho. No primeiro ano depois do meu pai perder a visão, esperei para ver o que mudaria. Ia fazer seis anos e o Natal era a minha altura do ano preferida. No entanto, mesmo nessa altura, apercebi-me o quão inapropriado seria celebrar fosse o que fosse quando algo tão traumático tinha acontecido à pessoa que era o centro do meu universo.

A minha mãe já se tinha ido embora e a Tia Jessica já se tinha mudado para a nossa casa. Nunca descobri de quem tinha sido a ideia, mas lembro-me de me pedirem para segurar a escada enquanto a Tia Jessica subia ao sótão para ir buscar as decorações. Era domingo e os três tínhamos terminado de comer um pequeno-almoço quente. Depois de levantarmos a mesa e lavado a loiça, o meu pai sentou-se na única poltrona que havia na sala de jantar e eu e a Tia Jessica esvaziámos as caixas de decorações em cima da mesa. Descrevemos, à vez, cada peça em grande detalhe e depois cabia ao meu pai indicar onde ficaria melhor. Era como se fôssemos as alunas e o meu pai o professor, levando-nos a criar o mais perfeito ambiente de Natal, quando ele apenas o podia ver com o olho da mente.

Todos os anos desde então tenho seguido a mesma rotina. A maioria das decorações eram as mesmas desde há quase vinte anos, mas continuava a descrevê-las ao meu pai e ele continuava a ouvir atentamente. De vez em quando adicionava algo à nossa coleção de Natal, substituindo uma bola partida ou uma fita esfarrapada. Porém, a fada que ficava no topo da árvore tinha envelhecido bem. Tinha o vestido amarelado devido ao efeito do tempo, mas as asas continuavam fortes e resistentes.

Depois de a casa estar devidamente decorada para o Natal, eu e o meu pai ficámos a conversar um pouco sobre a iminente chegada da Tia Jessica. Havia tanto para preparar que fiz três listas diferentes: *Menus, Compras de Mercearia, Presentes*. O meu pai ia fazendo sugestões, intercaladas com lembretes ocasionais como "não te esqueças do Charlie" ou "precisamos de arejar a roupa de cama". O tempo voou e, de repente, já estava na hora de me ir embora.

- Se te lembrares de mais alguma coisa, diz-me depois - disse eu, pegando no casaco e colocando o gorro de lã. Entre os objetos de Natal guardados no sótão, tinha encontrado um gorro de lã vermelho com um grande pom-pom no topo. Devia tê-lo deixado cair para dentro de umas das caixas quando arrumara as decorações em janeiro, mas não me lembrava de nada. Era como encontrar um amigo perdido.

Antes de conseguir ir visitar a Phyllis outra vez, a Rosetta Summer apareceu na biblioteca com uma carta do Hugh.

- Não se esqueça de que vou cozinhar para si e para o seu marido - disse ela, dando-me o envelope.

- Obrigada, sim, estou ansiosa por esse jantar especial. Vou falar com o Greg para vermos datas possíveis.

- O Sr. Furness pediu-me para lhe dar isto. Ele escreve, durante o dia inteiro ele escreve. Dou-lhe o papel de carta que o meu marido deixou na secretária. O meu marido também, adora escrever.

Adorava, pensei para mim própria, vendo a expressão desolada dela.

- Precisa de resposta? Devo ler isto já? - perguntei-lhe.

- Não, é grande, acho. Muitas páginas. - Ela apertou-me a não e depois abraçou-me. - O seu bebé, quando é que nasce?

- Oh, ainda faltam uns meses. Ninguém diria ao olhar para o meu tamanho - disse eu, passando a mão na minha barriga de grávida, e ri entredentes.

- Um rapaz, talvez?

- Bem, será um ou outro - respondi, apercebendo-me imediatamente de que a Rosetta provavelmente não iria perceber o meu sentido de humor.

- Vou agora. Compras a fazer, para o Sr. Furness - disse ela, parecendo satisfeita com a ideia de ter alguém para cuidar.

- Obrigada, foi simpático da sua parte ter vindo até aqui. Diga ao Hugh que vou ler a carta dele e falo com ele em breve.

Tinha a carrinha toda só para mim, portanto, sentei-me com um copo de água quente para ir bebericando e abri o envelope. A Rosetta tinha razão, havia várias folhas escritas, com a letra elegante do Hugh, cheias em ambos os lados. Peguei na primeira folha e comecei a ler...

Querida Janie,
Tem uma intuição aguçada. A Janie sempre pressentiu que não tenho sido completamente honesto consigo. Chegou a altura de lhe contar a verdade.

Finalmente, pensei para mim mesma, antes de continuar.

Deixei-a acreditar que eu e a Dorothy éramos bons amigos e suponho que éramos no início. Eu era um bom piloto, preparado para arriscar a minha vida pelo meu país, mas era ingénuo em muitos aspetos. Tinha crescido numa família que me ensinara a confiar. O que não tinha percebido é que as pessoas têm de ganhar essa confiança. A Janie é jovem, mas tenho a sensação que já aprendeu que as pessoas não são sempre aquilo que parecem. Questiona tudo. Consigo ver isso no seu rosto, mesmo quando não diz nada. Foi uma das coisas que me fez pedir-lhe ajuda.

Vou agora partilhar a minha história consigo e deixo ao seu critério o que fazer com isso. Tenho esperança que continue a querer resolver este caso por mim, apesar da minha abordagem obscura em relação a este

assunto. Tornei-me cauteloso depois de trabalhar com a SOE. Não é
algo que possamos pôr de lado, a ideia de que uma palavra impensada
possa custar vidas.

Sei que terá mais perguntas assim que acabar de ler esta carta e
garanto-lhe que desta vez terei todo o gosto em responder a todas.

Virei a página e deixei que as palavras do Hugh me levassem até
1944...

CAPÍTULO 20

1944

O SOM DAS SIRENES parecia mais alto desta vez. O barulho inundava o ar, bloqueando todos os outros sons casuais da vida. O trânsito parou, as conversas acabaram. As pessoas começaram a correr, mas os passos eram silenciosos.

Os bombardeamentos já duravam há uma semana. Os alvos pareciam ser aleatórios. Demasiadas vítimas. Corria o rumor de que as bombas eram lançadas apenas para evitar que os pilotos as tivessem de levar volta para o outro lado do Canal. Era como se os alemães tivessem feito compras a mais e agora era altura para descartar o excesso.

Não tinham tido oportunidade de se ver naquela semana. Ele tinha tido vários voos e, quando não estava a voar, estava de serviço na base. Além disso, os bailes estavam momentaneamente suspensos. Porém, ele sentia saudades de a ver e ela tinha-lhe escrito uma nota.

Podes sair por uma hora? Se conseguires, vai ter comigo ao cruzamento entre a Watermill Lane e a Cross Street às três da tarde. Espero por ti.

Não tinha acontecido nada de especial durante a manhã. Tinha passeado o Scottie pelo campo de aviação tantas vezes que se agitasse a trela naquele momento tinha a certeza que o terrier nem levantava a cabeça. Jogara às cartas por algum tempo, apenas a fósforos. Perdera pesadamente, a sorte não estava no seu lado nesse dia. Leu a nota novamente. Apenas uma hora, talvez fosse possível. Contou o plano ao Christopher, em quem podia confiar um segredo, e pelo menos alguém saberia onde ele estaria, por via das dúvidas.

Quando chegou a Watermill Lane passava um bocadinho das três e um quarto. Ela tinha esperado, como tinha dito. Eles abraçaram-se e ele elogiou-lhe o vestido. O tecido vermelho brilhante às bolinhas combinava com a sua tez rosada. Durante os passeios, ou mesmo quando passavam tempo juntos no barquito de pesca, ela vestia calças. Ele tinha orgulho dela, uma mulher a fazer o trabalho de um homem. Porém, agora ela estava muito feminina, com o vestido a abraçar-lhe o corpo, apertado à volta da cintura, e agarrava um casaquinho branco à volta dos ombros. Estava bem-disposta, rindo e brincando com ele.

- Vieste sem o Scottie. Era ele que eu queria ver, não tu.

Então, ela beijou-o. Caminharam algum tempo ao longo da Cross Street. Ela disse-lhe o quanto tinha estado ocupada na quinta. As primeiras colheitas estavam prestes a começar, o ambiente era vibrante. Era a sua altura preferida do ano. Nenhum deles falou sobre a semana de bombardeamentos. Isso representava a escuridão e, pelo menos naquele instante, eles queriam manter-se na luz.

Ao virarem a esquina para a East Street, soaram as sirenes.

- Não, outra vez não - disse ele, segurando-lhe no braço.

Havia pessoas a correr em todas as direções. O responsável por gerir os ataques aéreos acompanhou-os até ao abrigo. Seguiram o grupo, sabendo que em breve estariam num sítio mais tranquilo e seguro.

O abrigo ficava na cave de uma das escolas da aldeia e, assim que entraram, as pessoas descontraíam um pouco. Em breve teriam de lidar com a devastação, mas, por enquanto, podiam conversar e dizer piadas. Ao longo das paredes havia vários bancos de madeira, todos ocupados pelos primeiros que tinham chegado ao abrigo. Muitos dos homens tinham despido os casacos e tinham-nos colocado no chão para que as mulheres se pudessem sentar. Ele não tinha casaco, apenas o uniforme, e estava preocupado que o vestido dela às bolinhas se estragasse.

Uma outra mulher acenou-lhe e fez espaço no casaco onde estava sentada para que ela se pudesse sentar também. Ela acenou com a cabeça, agradecida. A mão dela passou pelo tecido do casaco, que era elegante e caro. Apenas podia sonhar com tal tipo de vestimenta. Perguntou-se a quem poderia pertencer. A mulher sentada ao seu lado não parecia ser rica, mas nunca se poderia ter a certeza. Viva-se tempos estranhos.

O chão tremeu um pouco, a bomba tinha sido lançada. As conversas pararam e algumas pessoas penderam a cabeça como se a rezar em silêncio. Outras pareciam assustadas, com os olhos esbugalhados e cheios de medo. Ele pegou-lhe na mão, apertando suavemente os seus dedos delicados, tentando transmitir confiança. Estavam vivos, ia tudo correr bem.

Passado algum tempo o responsável por gerir os ataques aéreos deu indicação de que era seguro deixar o abrigo. Ele ajudou-a a levantar-se, ela pegou no casaco e colocou-o sobre os ombros. Embora o abrigo estivesse pouco iluminado, ele podia ver que o casaco tinha um tom rosa. O tecido era suave, talvez de caxemira.

- O que estás a fazer? - perguntou-lhe ele. - O casaco não é teu.

- Queria saber como era tê-lo vestido. O que achas?

Ela rodopiou sobre si própria. Ele corou, estava embaraçado com o comportamento dela. Ela estava a experimentar um casaco quando lá fora as pessoas provavelmente tinham perdido tudo, as suas casas, mesmo as suas vidas.

- Não fiques tão sorumbático - disse ela. - Vá, fica com ele.

Ela despiu o casaco e deu-lho. Nesse momento, aproximou-se outra mulher.

- Acho que isso é meu - disse ela, olhando com expectativa para ele.

- Peço desculpa, sim, claro - disse ele, sacudindo o pó do casaco antes de lho dar.

Ela sorriu, agradecida, e acenou com a cabeça.

- As coisas vão bem para alguns - disse a Dorothy, ainda a outra mulher podia ouvir.

Ele ficou embaraçado outra vez.

- Preciso de voltar para a base - disse ele, num tom brusco.

- Qual é a pressa? - perguntou a Dorothy, dando-lhe o braço. - Pelo menos podes pagar-me uma bebida. Comer qualquer coisa, depois de ter passado o susto?...

Ao saírem do abrigo, ele viu a mulher com o casaco cor de rosa à frente deles. Caminhava devagar, olhando com atenção de um lado para o outro para os escombros e detritos em que se tinham transformado os edifícios.

- Preciso de voltar para a base - repetiu ele. - Mas levo-te à quinta antes, para garantir que ficas em segurança.

- Não é preciso - disse Dorothy, com uma certa irritação na voz. - Quero divertir-me um pouco antes. Tenho a certeza que consigo encontrar alguém que me pague uma bebida assim que os pubs abram, se estás assim tão avarento.

Ela largou-lhe o braço e virou-se de frente para ele.

- Vamos falando - disse ela e piscou o olho.

Quando regressou à base, verificou que ninguém tinha sentido a sua falta. Pegou no Scottie, que estava deitado dentro do seu cesto, e abraçou-o. O terrier contorceu-se como uma enguia, querendo livrar-se do amor excessivo do seu dono. Hugh precisava de se segurar a algo para acalmar as suas emoções. Estava chateado com Dorothy, chateado com ele mesmo. Tinha sido enganado. Ela não era quem ele pensava que era. Talvez ele tivesse projetado um ideal nela, que existia apenas na sua imaginação. E depois, havia a mulher com o casaco cor de rosa. Os seus olhos tinham-se cruzado por um momento, mas tinha sido o suficiente para sentir uma ligação.

CAPÍTULO 21

Deixei a carrinha no parque de estacionamento e fui diretamente para o alojamento do Hugh. A Rosetta levou-me até à sala de estar, onde o Hugh estava a dormitar na poltrona junto à lareira, deslocando-se sem fazer barulho e com o dedo por cima dos lábios. Depois, com gestos, perguntou-me se queria beber alguma coisa. Abanei a cabeça e ela saiu da sala. Sentei-me no sofá o mais silenciosamente possível e retirei a carta do Hugh de dentro do meu saco, lendo-a uma vez mais. Ao chegar à última página, pressenti um movimento ao meu lado e, quando levantei os olhos, vi que o Hugh já tinha acordado. Ele olhou para mim e sorriu.

- Não queria acordá-lo - disse eu.

- Ando a dormir demasiado ultimamente.

- Quer alguma coisa? Uma bebida, talvez?

- Não, nada, obrigado. Já a leu?

Ele apontou com a cabeça para a carta.

- Sim, várias vezes. O que aconteceu à Dorothy?

- Nunca mais a vi depois dessa tarde no abrigo antiaéreo.

Ele calou-se.

- Então e o voo da SOE para a França? O Joe que apareceu. Viu-a nessa altura?

- Esse Joe não era a Dorothy. Quase tudo o que lhe contei sobre esse tempo é verdade. Conheci a Dorothy. Penso que estive apaixonado por ela por algum tempo. Ela era vivaz, impetuosa,

divertida. Uma centelha de luz num tempo de escuridão. Ela
pertencia ao Exército das Camponesas, essa parte é verdade, mas
nunca trabalhou para a SOE, pelo menos que eu saiba.

- Mas o Hugh trabalhou, certo?

- Sim, voei em missão algumas vezes para levar operacionais
até França, como disse. O bombardeamento aconteceu, tal como
contei. Depois, nunca mais soube nada dela. Estava preocupado com
ela, portanto, fui até à quinta onde ela trabalhava. Disseram que
fizera as malas e tinha-se ido embora. Não tinha dito a ninguém
para onde ia. Esperei por uma carta. Tinha a certeza de que ela me
contactaria, mas como ela não disse nada... Bem, a vida é demasiado
curta. Comecei a falar com a Winifred num dos bailes da aldeia.
Reconhecera-a daquele dia do bombardeamento. Começámos a sair
juntos e eu apaixonei-me por ela. Apercebi-me que o que sentia pela
Dorothy não era amor verdadeiro.

- A Winifred? Era a dona do casaco cor de rosa?

Ele ficou a olhar para o vazio, aliado ao que estava à sua volta, como
se estivesse a reviver cada momento precioso dessa paixão inicial.

- Uns meses depois de eu ter conhecido a Winifred, tive de me
preparar para levar um Joe até França.

- Sim, já me tinha contado isso.

- Bem, foi a Winifred quem apareceu nessa noite.

- Deixou-me acreditar que era a Dorothy.

- Acho que quis acreditar nisso. Eu nunca disse isso. Foi um dia
negro para mim. Tive de deixar a mulher que amava em território
inimigo e voar de volta para a base, sem saber o que lhe aconteceria.
Quase me matou, para ser honesto. Fez-me perceber quão fortes
eram os meus sentimentos pela Winnie e prometi a mim mesmo que,
se a visse novamente, a pediria em casamento.

- Ela regressou bem da missão dela?

- Não soube nada dela durante muitos meses e achei que tinha
morrido, mas pensava nela todos os dias. E depois, um dia, ali estava
ela. Assim que ela voltou de França foi à base para me ver, para
me dizer que estava bem. Sabia o suficiente sobre a importância do
secretismo e não lhe perguntei onde ela tinha estado ou se a missão

tinha tido êxito.

- Alguma vez falaram sobre esse tempo, mais tarde, depois da guerra ter terminado?

- Nunca falámos sobre isso durante os anos em que fomos casados.

- Quando casaram?

- Mesmo depois da guerra ter terminado.

- Tiveram filhos?

- Não, o que deixou a Winnie terrivelmente triste, mas não era para ser.

- Então agora, depois de todos estes anos, decidiu que afinal gostava da Dorothy? É essa a verdadeira razão porque está aqui em Tamarisk Bay? Para reviver um amor antigo?

- De todo. A Dorothy ficou com uma coisa que não era dela.

O rosto ensombrou-se e os mãos fecharam-se em punho.

- Não se enerve, Hugh, lembre-se de que precisa de manter a calma. A Rosetta nunca me perdoaria se o seu inquilino preferido tivesse de voltar ao hospital.

- Naquele dia, no abrigo antiaéreo, a Dorothy roubou algo precioso.

- Não foi o casaco? Disse que ela devolveu o casaco.

- Não foi o casaco, não. Quando ela experimentou o casaco e rodopiou com ele, deve ter posto a mão dentro do bolso.

- O que é que ela encontrou? Um porta-moedas? Uma carteira?

- Um broche.

- Ela roubou um broche? Como tem tanta certeza disso?

- A Winifred contou-me do broche que a avó lhe tinha dado. Era uma herança de família. Disse-me o quão triste tinha ficado por o ter perdido. Sentiu que tinha desiludido a avó. Nessa altura não sabia como ou quando o tinha perdido.

- E agora acha que a Dorothy ficou com ele, nesse dia do bombardeamento? Pode ter sido qualquer pessoa no abrigo antiaéreo. Disse que as pessoas colocaram casacos no chão. Podia ter caído, ou alguém ter ficado com ele.

- Tem aí o recorte de jornal?

- Desculpe?

- O recorte de jornal que estava no depósito de bagagens?

Tirei o meu caderno de dentro do saco de lona e retirei a fotocópia do artigo.

- Fiz uma cópia, pensei que era melhor manter o original em segurança na gaveta do meu quarto, em casa.

Ele alisou a folha de jornal e apontou para uma das mulheres.

- A Dorothy - disse ele.

- Sim, a Freda Latimer já a tinha identificado. Esta é a Freda, mesmo ao lado da Dorothy.

- Vê o que ela está a usar?

- A Dorothy?

- Sim.

O casaco parecia coçado, embora ela estivesse parcialmente tapada por outras pessoas que estavam à sua frente.

- Repare bem. O que está na gola?

- Um broche. Sim, vejo-o claramente, agora que me fala disso.

- O broche da Winifred. Foi assim que soube que tinha sido a Dorothy a roubá-lo. É inconfundível porque é bastante característico. Era vitoriano, muito raro e muito valioso.

Ficou calado com os olhos fixos na fotografia.

- No dia do bombardeamento a Winifred teve tê-lo colocado dentro do bolso do casaco. Ela disse que o tinha perdido a caminho do banco para o pôr num cofre. Tinha medo de o deixar na casa por causa dos bombardeamentos. Casas desmoronvam todas as semanas, os bens das pessoas eram destruídos.

- Mas se ela o tivesse colocado dentro da mala, não estaria mais seguro do que dentro de um bolso?

- Uma mala podia ser facilmente roubada. Havia bastantes furtos durante os bombardeamentos. Provavelmente ela acreditou que tê-lo dentro do bolso era o sítio mais seguro.

- Porém, este recorte de jornal tem mais de vinte anos. Se sabia disto desde então, porque esperou tanto tempo? Com certeza que, assim que soube, podia ter ido à polícia.

- Não, precisamente. Eu não sabia. Não vi este recorte de jornal até a minha Winnie morrer, quando eu estava a organizar os papéis dela. Ela escreveu diários, um por cada ano em que estivemos juntos. Li alguns, era como ouvir a voz dela outra vez. Agridoce.

Ele calou-se e pude ver que lutava com as suas memórias.

- Vamos fazer uma pausa, Hugh. Tenho receio que toda esta conversa o faça tossir novamente. Peço à Rosetta que nos prepare uma bebida?

- Eu estou bem. Preciso de continuar, agora que comecei.

- Bem, vá com calma. Não tenho pressa. Além disso, não sei estenografia, sabe... - disse eu e sorri.

- O recorte de jornal caiu de dentro do diário de 1946. Ela sempre soubera e nunca me tinha dito nada.

- Sabe porque é que ela se manteve calada sobre esse assunto?

- A Winnie era tão amável... Sim, era corajosa e estava preparada para arriscar vida pelo país, mas era a pessoa mais amável que conheci. Ela sabia que eu ficaria magoado se soubesse que a Dorothy tinha roubado o broche. Eu tinha confiado na Dorothy, pensava que éramos amigos.

- Então, e agora? Acha que a Dorothy ainda tem o broche? Tem esperança disso?

- Não, tenho a certeza de que ela já não o tem. Assim que ela descobrisse o valor dele, tê-lo-ia vendido. Aquela quantia de dinheiro teria mudado a vida dela.

Algumas das peças do puzzle estavam agora a encaixar-se. A Dorothy deve ter vendido o broche, transformado não só a sua vida, mas também a vida do irmão. Não era de admirar que o Kenneth estivesse tão interessado em manter a distância de mim e do Hugh.

Também era possível que o desentendimento entre a Freda e a Dorothy estivesse ligado à mudança repentina da situação familiar dos Elms. O contacto da Libby também tinha dito qualquer coisa sobre "rumores". Quando uma família sai da pobreza para a abundância de um dia para o outro, há sempre a hipótese de as pessoas acharem que isso se deveu a ganhos ilícitos.

- Porque é que disse que a Dorothy podia estar em perigo?

- Pensei que podia ajudar a motivá-la para a encontrar - disse ele e sorriu.

- Hum... Não sei o que pensar sobre isso, mas o que lá vai, lá vai. Pelo menos agora sei a verdade. Eu agora sei a verdade, não é, Hugh?

Ele anuiu.

- Agora estou cansado, Janie. Importa-se que terminemos a nossa conversa por agora? Talvez me possa visitar novamente amanhã?

- Antes de ir, posso perguntar qual é o objetivo de encontrar a Dorothy? Se sabe que ela roubou o broche e tem a certeza de que ela já não o tem, porquê tentar encontrá-la?

- Retaliação.

- Essa é uma palavra forte. Que tipo de retaliação?

- Uma punição que combine com o crime - respondeu ele e fechou os olhos, o que era a minha deixa para me ir embora.

A minha falta de conhecimentos sobre direito criminal ou procedimentos policiais era a razão por que pedia conselhos a amigos e familiares e continuava a ter o meu emprego. Parecia que um crime tinha sido cometido, mas havia poucas provas disso, exceto uma fotografia deslocada num artigo de jornal de há vinte anos atrás. Além disso, havia a forte possibilidade do item em questão ter sido vendido e agora podia estar nas mãos de qualquer pessoa, neste país ou mesmo no estrangeiro. Se fosse falar com o DS Bright para lhe pedir a opinião, arriscava a que fosse aberta uma linha de inquérito, o que poderia levar a que mais do que uma pessoa ficasse em apuros, incluindo eu.

Se compreendesse melhor os motivos do Hugh, isso poderia ajudar. Talvez fosse suficiente para ele confrontar a Dorothy, dizendo-lhe que a Winifred sempre soubera quem era o culpado. A mulher do Hugh demonstrara uma grande generosidade e amor pelo marido ao levar o segredo para a sepultura, ou, pelo menos, devia ter sido esse o plano.

O Hugh falara em "retaliação", de uma punição pelo crime. Perguntava-me se não seria demasiado tarde para isso.

CAPÍTULO 22

No final de vários livros da Agatha Christie, o Poirot reúne todos os possíveis suspeitos no mesmo sítio. Revê as provas perante todos eles para finalmente revelar o culpado. Bem, neste caso, o Hugh contou-me quem era o culpado. O que ainda não sabia era onde se encontrava. Estava na altura de rever todas as possibilidades com a Libby e esperar que, entre as duas, descobríssemos a solução.

Encontrámo-nos no Jefferson e, assim que tivemos as bebidas à nossa frente, apresentei-lhe os factos tal como os entendia.

- Tens andado ocupada - disse ela, depois de ouvir atentamente, acenando com a cabeça de vez em quando. - Então, deixa ver se estou a perceber. A verdadeira razão porque o Hugh quer encontrar a Dorothy é porque ela roubou um valioso broche da mulher com quem o Hugh acabou por casar.

- Qualquer coisa desse género.

- Mas o Hugh acha que a Dorothy já terá vendido o broche e gasto o dinheiro. E isso ajustar-se-ia aos vários rumores que andariam por aí e talvez fosse essa a razão por que a Freda foi esbofetada. Talvez tivesse as suas suspeitas e tivesse acusado a Dorothy na cara dela?

- Sim, essa é definitivamente uma possibilidade.

- Ainda não percebi porque é que o Hugh está a ter esse trabalho todo depois de todos estes anos.

- Bem, suponho que ele sinta que o deve à mulher. Ela protegeu-o durante todo este tempo.

- Hum - disse a Libby, mexendo o batido com a palhinha, com ar concentrado.

- Estou a pensar que, se conseguirmos reunir o Hugh, a Dorothy e o Kenneth na mesma sala, podíamos obrigar os Elms a confessar - disse eu. - Isso também significava que podíamos estar perto para garantir que o Hugh não ficasse enervado.

- Tens razão sobre isso. Não tenho muita vontade de o ver numa maca a caminho do hospital a esta altura do campeonato.

- Isto não é um campeonato, Libby – disse eu, tentando fazer uma voz severa, mas falhando redondamente.

- Desculpa, é uma maneira de falar. De qualquer das formas, é tudo muito fantasioso. Dificilmente o Kenneth vai concordar com isso e ele é o único que nos pode dizer onde vive a irmã.

- Tudo o que podemos fazer é voltar à minha ideia original. Vigiar o Kenneth, segui-lo e esperar que ele nos leve até esta abençoada mulher. Depois, podemos todos descontrair e voltar à normalidade.

- É um tom de impaciência que deteto na tua voz, Sr.ª Detetive Amadora? O teu pai não te disse que ser detetive era sobretudo fazer trabalho de campo? Vê deste modo: vais poder finalmente usar a tua câmara - disse ela, piscando o olho.

O Mini da Libby já tinha visto melhores dias. A ferrugem na parte de baixo das portas fazia o aquecimento trabalhar o dobro para aquecer o ar gelado que entrava ao nível dos nossos pés.

Antes de sair, contara o nosso plano ao Greg.

- Vão fazer uma vigilância? Bolas, perguntar "*Como foi o teu dia hoje, querida?*" nunca mais será a mesma coisa - dissera ele com um sorriso rasgado. - Agora a sério, vais...

- Ter cuidado, sim. E a Libby vai lá estar para me manter debaixo de olho.

- Não tenho a certeza se isso me faz sentir melhor ou pior.

- Agora vai e concentra-te na vitória do Brighton. A sério, vai tudo correr bem.

Depois de verificar o horário das consultas, calculámos que o Kenneth deveria sair do veterinário pouco depois das duas da tarde.

Tudo o que podíamos fazer, então, era esperar.

- O teu carro tem a quarta mudança? - perguntei na esperança que ela percebesse onde queria chegar.

- Engraçadinha. Não gosto de conduzir depressa. De qualquer das formas, não há pressa. Tudo o que vamos fazer é ir até ao veterinário e ficarmos sentadas no carro durante sabe-se lá quanto tempo. Trouxeste doces?

- *Humbugs* - disse, sorrindo.

- Para ti também - disse ela, com as mãos agarradas ao volante e concentrando-se na estrada. A sua condução vagarosa contrastava com o seu comportamento acelerado. Atrás do volante é como se assumisse uma nova personalidade. Já não era a Libby, a pessoa determinada e animada que queria deixar a sua marca no mundo do jornalismo, dominado por homens. Pelo contrário, a Libby era cautelosa e tímida enquanto conduzia por entre autocarros e carrinhas, com as mãos agarradas ao volante na posição recomendada.

- Posso perguntar-te porque é que compraste um carro se detestas assim tanto conduzir?

- Uma jornalista precisa de um carro. Nunca sei onde preciso de ir para conseguir o próximo furo.

- Hum, estamos a falar de Tamarisk Bay e Tidehaven, não te esqueças... não de uma grande metrópole...

Antes que ela pudesse responder, vi um Morris Clubman estacionado em frente ao consultório.

- Olha, tenho a certeza de que aquele é o carro dele. Para aqui.

A Libby estacionou a cerca de quarenta e cinco metros da entrada, onde podíamos ver bem a porta da frente do veterinário.

- *Humbug*? - perguntei, oferecendo-lhe o saco dos rebuçados.

- Perfeito, obrigado - disse ela, tirando um. Desembrulhou-o e deitou o papel para o chão.

- O que estás a fazer? Não admira que a tua secretária esteja uma confusão. Já ouviste falar em "lixeira"?

- Este é o meu espaço pessoal. Se escolho polui-lo, é comigo - respondeu ela, chupando o rebuçado, com ar de estar muito satisfeita consigo mesma.

- Coitada da tua mãe. Imagino como será o teu quarto.

- A minha mãe está felicíssima por ter a única filha dela de volta ao ninho. Além disso, ela nunca entra no "interior do santuário".

- Tem medo de apanhar alguma doença?

- Sacaninha - disse ela, com um sorriso rasgado.

Um movimento chamou-me a atenção. Virei-me e vi o Kenneth a sair do veterinário e a entrar no carro.

- Aqui vamos nós - disse a Libby, ligando o carro e avançado devagar enquanto o Kenneth se afastava.

- Ainda bem que não estamos a planear seguir um carro - comentei enquanto descíamos a colina vindas do veterinário e seguindo na direção da beira-mar. - E ainda bem que a maioria das pessoas está em casa em frente da televisão e não na estrada.

- Para de reclamar, temos apenas três carros à frente.

Continuámos ao longo da beira-mar na direção de Tidehaven.

- Se tiveremos sorte à primeira, então retiro todas as minhas reclamações - acrescentei.

- Não contes com o ovo... Talvez ele vá à cidade fazer compras.

Quando a Libby parou de falar, o Morris Clubman desacelerou e fez pisca para a esquerda, estacionando em frente à banca dos jornais.

- Encosta, depressa! Olha, ele está a sair do carro!

Observámos o Kenneth a sair do carro e a entrar na loja. Algum tempo depois, ele saiu com um saco na mão, voltou para o carro e preparou-se para voltar à estrada.

- Vai uma aposta? - perguntou a Libby. - Estamos à caça dos gambozinos ou não? Quem ganhar, paga a próxima rodada de batidos.

Cinco minutos depois, estávamos a seguir o Kenneth pela Ludlow Road, que subia para o interior, a partir da beira-mar, em direção ao topo da cidade. Nesta zona de Tidehaven, as estradas era íngremes e a maioria das casas tinha vários andares e grandes escadarias de pedra de acesso à entrada. O Kenneth estacionou em frente a uma casa térrea vitoriana de tijolos vermelhos. A pintura da porta da frente e as janelas estavam lascadas e amareladas e as plantas insípidas, nos vasos em ambos os lados da porta, não tinham um ar muito animador.

- Bem, se esta é a casa da Dorothy, ela claramente não é grande jardineira - comentou a Libby.

Estacionámos no outro lado da rua, provavelmente em risco de sermos vistas pelo Kenneth, caso ele decidisse virar-se na nossa direção. Observámos em silêncio enquanto ele subia os degraus e batia à porta. Apercebi-me o quão apreensiva devia estar quando os soluços atacaram de repente.

- Chiu - disse a Libby, enquanto eu tentava controlar a respiração.

- Ele não vai ouvir os meus soluços no outro lado da rua, pois não? - sussurrei.

- Então, porque é que estás a sussurrar?

Segundos depois, a porta abriu-se a surgiu um jovem, que apertou a mão do Kenneth. Depois, os dois entraram para dentro da casa, fechando a porta atrás deles.

- Oh, bolas - disse a Libby - os batidos são por tua conta, acho eu.

- Espera um momento, eu não aceitei a aposta.

- Não é uma tarde completamente perdida, porém.

- O que queres dizer?

- Bem, aquele não era o bonitão que nos serviu no Jefferson no outro dia?

- Achas?

- Nunca esqueço uma potencial paixão - disse ela, piscando-me o olho. - Pelo menos agora sei onde ele vive. Talvez eu venha cá um dia a fingir que sou uma vendedora de enciclopédias porta a porta.

- Acho que te estás a esquecer da razão porque estamos aqui. Estamos à procura da Dorothy, lembras-te?

- Desculpa, mas não me podes culpar por me distrair um pouco.

- Não faz mal, teria sido uma sorte demasiado grande encontrar a Dorothy na primeira tentativa. Feijão, vais ter de te contentar com um carrinho de qualidade inferior, afinal - disse eu, passando a mão pela minha barriga de grávida. - Acho que vou devolver o dinheiro ao Hugh e dizer-lhe que desistimos do caso.

Ficámos sentadas em silêncio, apenas ao som dos rebuçados *humbugs* a serem mastigados

- Vamos para casa? - perguntou a Libby.

- Ou talvez para o Jefferson afogar as mágoas. O Greg só vai regressar depois das seis da tarde.

Quando a Libby se preparava para arrancar, a porta abriu-se outra vez e surgiram três pessoas: o Kenneth, o jovem que tinha aberto a porta, e uma mulher mais velha. Baixei-me o mais que pude dentro do carro e murmurei para a Libby:

- Vai-te embora, faz de conta que não os viste.

As três pessoas entraram no Morris Clubman e foram-se embora. .

- Bolas - disse eu, momentaneamente sem palavras. - Encontrámo-la, Libby, finalmente encontrámo-la.

- Tens a certeza?

- A cem por cento. Tenho a certeza de que aquela era a Dorothy Elm.

A Libby desligou o motor enquanto eu tirava o caderno e a câmara de dentro do saco de lona.

- Não vais acreditar nisto, mas perdi novamente a oportunidade de tirar uma fotografia - disse eu, metendo a câmara novamente dentro do saco. - Pelo menos deixa-me fazer umas anotações.

Cheguei à página da secção *Onde* no caderno e escrevi: *Faversham Road, número 73.* Depois, na secção *Quem* acrescentei: *Um homem, na casa dos vinte anos? Barbeado, longo cabelo escuro, sem óculos, alto, cerca de um metro e oitenta? Trabalha ocasionalmente no Jefferson?*

- E agora? - perguntou a Libby, vendo-me escrever.

- Não faço ideia. Talvez uma bebida enquanto fazemos o ponto da situação?

Regressámos a Tamarisk Bay e estacionámos perto do Jefferson.

- Tomem cuidado, - comentou o Richie quando pedimos os batidos - isto pode tornar-se num vício.

- Melhor isto do que alguma outra substância viciante de que me consigo lembrar - respondi, remexendo no saco para tirar a carteira.

- Richie, tens um minuto?

- Claro, é bom ter uma desculpa para me sentar. Como estão?

Como vai essa tua barrigona?

- A crescer - respondi e sorri.

- Dia movimentado? - perguntou a Libby, levantando um pouco a voz pois a música *"Pinball Wizard"* começara a tocar na jukebox.

- Movimentado o suficiente - respondeu o Richie, passando o pano pela mesa. - Mas é sempre bom ver as minhas clientes habituais preferidas.

- Normalmente tens ajuda aos sábados, não é?

- Não conseguiria dar resposta se não tivesse.

- O fulano que te ajudou há uns dois sábados atrás, contrataste-o ou foi só aquela vez?

- O Ray? Ya, esteve cá esta manhã. Não tenho dinheiro para lhe pagar o dia todo. Além disso, ele disse que tinha qualquer coisa, uma marcação ou algo assim, por isso, desapareceu logo depois do almoço. Porquê?

Desviou o olhar de mim para a Libby e depois acenou com a cabeça.

- Ah, já percebi, agora estou a ver onde isto vai parar. Não faço ideia se ele já está comprometido. Não paramos para conversar sobre as nossas vidas amorosas. Ele provavelmente vai estar cá no próximo sábado e, não se preocupem, não lhe vou dizer uma palavra. O vosso segredo está bem guardado - disse ele com um sorriso rasgado.

A porta do café abriu-se e entraram quatro pessoas.

- Desculpem, tenho de ir - disse o Richie.

- OK, vamo-nos concentrar em assuntos sérios - disse eu, vendo a Libby a abanar a cabeça ao som da música.

- Não há nada mais sério que um possível namorado.

- Faz-me a vontade. Achas que podemos convencer o Hugh a ir connosco a Faversham Road?

- Não me parece que vá precisar de muita persuasão. Assim que ele souber a morada da Dorothy acho que os pedidos serão redundantes.

- E se não lho dissermos? Vamos pensar numa desculpa para o levar de carro, ir a casa dela e fazer figas para que ela esteja em casa.

- E que ela nos deixe entrar.

- Ah, sim, isso também.

- E o meu possível par? - comentou a Libby, com o rosto a suavizar-se num ar sonhador.

- Ele provavelmente é uma visita ocasional.

- Bem, ele pode visitar-me ocasionalmente quando quiser - disse a Libby, com um grande sorriso.

O Greg estava eufórico quando chegou antes das seis da tarde. Eu já estava em casa há algum tempo e estava a preparar o lanche.

- Três a zero, três a zero - cantarolou ele, tomando-me nos braços e dançando comigo à volta da cozinha.

- Fantástico - disse eu, na esperança de que ele não estivesse na disposição de partilhar muitos detalhes comigo. - Tudo o que te fizer assim tão feliz tem todo o meu apoio. Eu estava a planear macarrão com queijo para o jantar, não é um grande jantar de comemoração...

- Macarrão com queijo, a minha linda mulher ao meu lado e uma boa noite em frente à televisão, o que é que um homem pode pedir mais?

- Uma cerveja, talvez?

- Excelente plano! - disse ele, dirigindo-se ao frigorífico. - O que aconteceu com a vigilância? Resultou?

- Er, sim - respondi, ocupada a pôr a mesa. - Achamos que encontrámos a casa da Dorothy.

- Acham só?

- Bem, temos quase a certeza.

- Então, qual é o plano?

- Se pudermos, quero tentar levar o Hugh lá. Ele é o único que terá a certeza.

- Qua tal amanhã? - perguntou ele, descalçando as botas.

- Bem, sim, isso seria maravilhoso. Porquê? O que vais fazer amanhã?

- O Alex disponibilizou-se para vir cá e dar uma vista de olhos à torneira que está a pingar na casa de banho. Provavelmente é por causa de uma anilha, mas talvez tenhamos de desligar a água. Ia sugerir que fosses a casa do teu pai. Mas talvez consigas convencer o teu cliente a dar uma volta domingueira de carro.

Tudo o precisava agora era que a Libby não se importasse de desistir do seu domingo e que nós as duas conseguíssemos juntar o Hugh e a Dorothy sem que o céu nos caísse em cima.

CAPÍTULO 23

A ROSETTA SUMMER NÃO estava convencida de que um dia frio de dezembro fosse adequado para uma *"volta domingueira agradável"*. Era possível que o Hugh tivesse percebido o meu ardil, mas, se percebeu, escondeu-o bem. A Rosetta andava à volta dele, sugerindo que vestisse o casaco mais quente que tinha, enrolasse um cachecol grosso à volta do pescoço e enfiasse o seu chapéu Trilby na cabeça.

- Vamos estar dentro do carro a maior parte do tempo e o aquecedor é bastante eficiente - disse eu para tranquilizar os dois.

A decisão fora fácil de tomar. O Hugh teria muitas dificuldades em fazer caber o seu corpanzil no banco de trás do Mini da Libby e o Feijão certamente iria impedir-me de me espremer fosse onde fosse. A Libby também não se importou de admitir que a combinação da corrente de ar gélida a entrar em çatadupa pelas portas do carro e um indivíduo frágil com uma doença pulmonal grave era uma receita para o desastre.

- De qualquer das formas, o Greg não precisa do carro hoje - expliquei. - Porque é que achas que ele gosta tanto da nossa casa?

- Porque o pub fica a quatro minutos a pé?

- Exactamente.

Enfiámos o Hugh dentro do carro e seguimos em direção à beira-mar. Uma das melhores coisas de viver numa estância balnear é poder aproveitá-la durante o inverno. Durante os dias de verão, nós escondemo-nos enquanto a cidade é inundada pelos turistas de um dia vindos de Londres. Fazem fila à porta dos muitos restaurantes de *fish and chips*, perdem o dinheiro a jogar nas máquinas de diversão no Pontão e aventuram-se na praia de seixos, independentemente do tempo. Porém, quando chega o inverno, a cidade volta a pertencer apenas aos locais. Naquele dia, a beira-mar estava repleta de pessoas a passear os cães, pessoas mais velhas a aproveitar a sua tarde domingal e famílias a apanhar ar fresco e a fazer exercício.

- Estão a levar-me para ir ver a Dorothy, não estão? - perguntou o Hugh, trazendo a minha atenção de volta aos meus companheiros. A pergunta dele distraiu-me por instantes e tive de travar abruptamente quando um rapazinho saiu disparado do passeio mesmo na altura em que o carro estava a passar. O pai dele puxou-o de volta, abraçando-o e gritando com ele. Não ouvi as palavras, mas o ar zangado do pai e as lágrimas instantâneas do rapazinho disseram-me tudo o que precisava de saber.

- Peço desculpa a todos - disse eu enquanto avançávamos suavemente outra vez.

- Está em condições de conduzir? - perguntou o Hugh, virando-se para mim. Ele estava sentado no banco do passageiro e a Libby estava imediatamente atrás dele.

- O rapaz apanhou-me de surpresa - respondi, corando.

- Não estou a dizer que é má condutora - continuou o Hugh, lendo os meus pensamentos. - É só... bem, o bebé...

Calou-se, provavelmente esforçando-se por encontrar a frase mais adequada.

- Tem razão, daqui a nada o espaço entre o Feijão e o volante será inexistente.

- E a carrinha? - perguntou a Libby de repente no banco de trás. - Vais ter de deixar de trabalhar na biblioteca?

- Não sei, talvez, embora tenha um plano astuto que envolve a tua avó - respondi, cruzando o olhar com a Libby pelo espelho retrovisor.

- Não responderam à minha pergunta sobre a Dorothy - comentou o Hugh num tom irritado que nunca tinha ouvido antes.

Estava tentada em não responder, pois já estávamos a chegar ao nosso destino.

- Ainda não temos a certeza de nada, Hugh. É possível que a casa que estamos a planear visitar seja onde mora a Dorothy. Se estivermos certas, há uma hipótese remota de ela estar em casa e uma hipótese ainda mais remota de ela nos abrir a porta.

Ele não respondeu e, em vez disso, começou a tossir. A tosse era ruidosa e persistente. Esforçou-se por recuperar o fôlego e, cada vez que respirava, ouvia-se uma sibilância áspera. Encostei à beira da estrada assim que vi um espaço vago. A Libby saiu imediatamente do carro, abriu a porta do lado do Hugh e agachou-se para ficar ao mesmo nível. Ao vermos o seu rosto contorcido, trocámos um olhar de mútua preocupação e receio. Passou-me uma imagem pela cabeça de eu sentada na sala de interrogatório da polícia a tentar explicar ao DS Bright porque é que estava a passear de carro com um homem doente pelas ruas de Tidehaven numa tarde gélida de domingo e o que teria dito ou feito para que ele tivesse deixado de respirar e morresse.

Porém, felizmente, parecia que a situação não ia chegar a esse ponto, pelo menos não nessa altura, já que a tosse gradualmente foi passando até que parou completamente.

- É melhor levar-mo-lo para casa - disse eu, olhando para a Libby, que anuiu a concordar comigo.

- Não - disse o Hugh firmemente. - Vou ficar bem, a sério. Mas podia desligar o aquecimento do carro?

O Hugh tinha razão. Preocupara-me tanto em o manter quente que não me tinha apercebido quão abafado o carro tinha ficado. Só quando a Libby abrira a porta e o ar frio e fresco entrara de rompante é que o Hugh conseguira controlar a sua respiração.

- Bem, se chegarmos a conhecer a Dorothy, esperemos que ela não viva numa casa quente - comentei eu num tom ligeiro para aliviar a tensão.

Cinco minutos depois estacionámos no lado oposto ao número 73 da Faversham Road.

- É aquela casa? - perguntou o Hugh. - Esperei muito tempo por este dia.

A voz estava cheia de emoção. Era como se estivesse prestes a reencontrar um amor perdido e, porém, tudo o que me tinha contado sobre a Dorothy indicava que raiva e arrependimento eram emoções mais apropriadas.

- Esperem aqui. Ou melhor, eu arranjo maneira de voltar para casa. Posso apanhar um táxi - disse ele, virando-se para abrir a porta do carro.

- Oh, não, nem pensar - respondi eu. - Não chegámos tão longe juntos para o deixarmos agora. Vamos todos ou não vai ninguém.

Ele grunhiu e agitou-se no banco.

- Preciso de fazer isto sozinho. A conversa que quero ter com a Dorothy é privada. Queria que a encontrasse e encontrou-a. Estou agradecido por isso e vou pagar, como prometido, mas agora estou a pedir que se vão embora. Para ser brutalmente honesto, o que eu e a Dorothy temos de falar não é da vossa conta.

- Lamento, Hugh, - disse eu - mas tornou isto da minha conta.

Virei-me para a Libby e dei indicação para ela sair do carro. Caminhámos à volta do carro e eu abri a porta do passageiro, onde o Hugh estava sentado.

- Vem connosco? - perguntei, feliz por parecer estar no controlo de uma situação que podia facilmente descarrilar a qualquer momento.

O Hugh levantou os olhos para nós, claramente contrariado. Depois de alguns momentos de silêncio total, ele disse:

- Não me estão a dar grandes hipóteses. Vamos lá despachar isto.

Ele esticou as pernas para fora do carro e levantou-se.

- Está bem? - perguntei-lhe, reparando que estava pálido.

Ele abanou a cabeça, mas não respondeu.

Tomei a dianteira e atravessei a estrada. O Hugh seguiu-me e a Libby foi na retaguarda. Agora que estava mais perto da casa, via que o estado lastimoso era ainda mais óbvio. Os vasos em ambos os lados da porta de entrada estavam partidos e cobertos de mofo. Num dos vasos havia folhas amareladas por cima da terra e o outro estava vazio, aparte uns quantos galhos partidos. A pintura da porta devia ter sido branca em tempos, mas agora estava em vários tons escuros de creme e amarelo baço. O sal do mar, que vem com a brisa do mar durante o inverno, faz com que as casas precisem de reparações permanentes, mas esta casa não sofria apenas dos efeitos do sal do mar.

A porta não tinha batente, apenas uma campainha que tinha um letreiro por baixo a dizer *toque aqui*. Olhei de relance para a Libby antes de tocar à campainha e o rosto dela refletia a apreensão que eu própria sentia. Não se ouviu o som da campainha, portanto, toquei outra vez. Era possível que a campainha estivesse a tocar algures ao fundo da casa. Nesse caso, os meus dois toques não auguravam um bom começo.

Passado algum tempo, durante o qual sustive a respiração, ouvi passos. Ouviu-se o som de uma corrente a deslizar e depois a porta abriu-se um pouco, o suficiente para uma conversa, mas não o suficiente para ver quem estava no outro lado.

- Sim, quem é? - disse uma voz de mulher.

- Peço desculpa, estamos à procura da Dorothy Elm - disse eu.

- Não é aqui - disse ela e rapidamente fechou a porta outra vez.

- Fantástico - comentou a Libby. - E agora?

Até então, o Hugh tinha estado atrás de mim, no segundo degrau da pequena escada de pedra que dava acesso à porta de entrada. Avançou nesse momento, pondo a mão no meu ombro e indicado-me para me afastar para o lado. Recuei, dando-lhe espaço para subir até ao degrau superior e observei-o enquanto tocava à campainha outra vez, de forma firme.

Ouvimos novamente a corrente a deslizar e a porta abriu-se numa fresta.

- Se não se vão embora, chamo a polícia - disse a mulher.

- Por mim tudo bem, Dorothy - disse o Hugh. - Força. Temos muito para lhes contar, não temos?

Toda a gente ficou em silêncio, tanto dentro como fora de casa. Por momentos, era como se todo o mundo tivesse congelado, nem sequer passavam carros, e apenas se ouvia o grito de uma gaivota à distância. Então, ouviu-se mais uma vez o som da corrente e a porta abriu-se completamente, mostrando uma mulher com cerca de cinquenta anos, vestida com um roupão estampado, apertado na cintura estreita. Por cima do roupão, vestia um casaquinho que tinha um ou dois buracos perto da gola, onde uma traça ou duas tinham tido um festim. Do punho de uma das mangas do casaquinho, via-se a ponta de um lenço, escondido por baixo. O rosto estava cheio de rugas, a boca fina estava fechada e os olhos tinham uma expressão amarga.

- Hugh - disse ela, com uma ênfase irritada na palavra.

- Sim - disse ele, com uma voz carregada de emoção.

- Eu sou a Janie Juke e esta é a Libby Frobisher. Somos amigas do Hugh - disse eu, esticando a mão para apertar a dela.

Ficou ali de pé com as duas mãos dentro dos bolsos do roupão, deixando-nos os três apertados na área em frente à porta de entrada.

- Lamentamos o incómodo, por ser domingo e isso, mas podemos entrar? - perguntou a Libby.

- Amigas, ei? - disse a Dorothy, olhando de cima abaixo para mim e para a Libby como se estivéssemos numa audição para uma peça. - Pensaste que precisavas de guarda-costas, foi, Hugh?

O Hugh parecia que tinha perdido a capacidade de falar ou de se mexer.

- Sr.ª Elm, talvez fosse mais fácil se não tivéssemos esta conversa à entrada?... - disse eu, colocando a minha mão nas costas do Hugh para gentilmente tentar empurrá-lo para a frente.

- Quem disse que íamos ter uma conversa? - ripostou a Dorothy. - E não é Sr.ª Elm. Elm era o meu nome de solteira.

- Casaste? - disse o Hugh, que finalmente parecia ter recuperado a voz.

A Dorothy não respondeu, mas virou as costas e começou a andar ao longo do corredor em direção ao fundo da casa.

- Já que estão aqui, mais vale entrarem - disse ela.

Seguimos atrás dela pelo corredor sombrio e passámos por uma porta que dava acesso à sala de jantar. No centro da sala estava uma mesa oval de mogno, com seis cadeiras à volta. As cadeiras eram de diferentes tamanhos e formas e nenhuma delas combinava. Ao longo da mesa estava um naperon estreito e no centro do naperon estava uma fruteira de vidro contendo uma maçã podre.

A Dorothy puxou de uma das cadeiras e sentou-se. Eu e a Libby seguimos-lhes o exemplo sentando-nos à sua frente, ficando apenas o Hugh de pé.

- Tinha preferido vir sozinho - disse o Hugh.

- Não te conseguiste livrar das tuas jovens lapas, ei? - comentou a Dorothy com um sorriso de escárnio.

- A Sr.ª Juke e a amiga dela têm sido muito amáveis comigo - disse o Hugh.

- Aposto que sim.

A Dorothy não disfarçou o sarcasmo na voz.

- Vocês os dois têm muito para falar. Que tal se eu e a Libby preparássemos algo para beber? Não se importa que vamos remexer na sua cozinha, Sr.ª ....? - disse eu, não sabendo o que lhe chamar e certamente que usar o nome próprio nesta altura seria mal recebido.

- Pode chamar-me Dorothy. Não há leite, mas se não se importarem de beber o chá simples, por mim tudo bem. A cozinha é ao fundo do corredor, na segunda à direita.

A Dorothy levou-nos para fora da sala e fechou a porta atrás de nós.

CAPÍTULO 24

Por instantes, eu e a Libby ficámos no corredor, o mais caladas possíveis, com os rostos colados à porta fechada.

- Consegues ouvir o que estão a dizer? - sussurrou ela.

Abanei a cabeça e depois peguei-lhe na mão, levando-a para a cozinha.

O tamanho da cozinha da Dorothy faria inveja a qualquer *chef*. Havia armários a ocupar todos os espaços disponíveis, exceto onde estava um grande fogão e um ainda maior frigorífico. Havia um janelinha por cima do lava-loiça, com umas cortinas opacas que já tinham visto melhores dias. Com pouca ou nenhuma luz a entrar, a divisão era sombria e pouco convidativa. Conseguia imaginar o quão diferente seria com um cozinheiro atarefado a fazer bolos e bolachas, aquecendo o espaço e enchendo a casa toda com aromas de canela, baunilha e especiarias. Só de pensar nisso o meu estômago começou a protestar.

- Vamos preparar algo para beber? Ou voltamos para esperar à porta no caso da conversa se tornar acesa? - perguntou a Libby.

- Vê se consegues encontrar café - disse eu, abrindo alguns armários. - Tachos e panelas, pratos, copos, mas nada de comida. Pensava que era péssima a organizar os armários da despensa, mas a Dorothy está num outro nível.

Abri o frigorífico, que tinha um frasco de mostarda por abrir, uma lata de feijões cozidos meio cheia e umas quantas cenouras bolorentas.

- Ela tem razão sobre o leite - disse a Libby, espreitando para dentro do frigorífico enquanto eu mantinha a porta aberta. - Vou pôr a chaleira ao lume e depois acho que devíamos aproveitar a oportunidade e ir explorar a casa.

- Explorar?

- Sim, devíamos meter o nariz nas outras divisões enquanto a Dorothy e o Hugh estão ocupados, por assim dizer. Nunca se sabe o que podemos encontrar.

- Tu és pior que eu.

- Sou jornalista, não te esqueças.

- Hum, OK. Mas não toques em nada, faças o que fizeres.

- Trouxeste a câmara?

- Oh, bolas, não acredito nisto! Está no saco e deixei o saco na sala de jantar. Fantástico, mais uma oportunidade perdida para tirar fotografias!

- Não faz mal, usa o teu poder de observação e de memória. Tu entras na divisão da esquerda, eu vou à da direita e encontramo-nos aqui dentro de dois minutos.

- Dois minutos?

- Sim, é o tempo que a água leva a ferver. Nessa altura a Dorothy estará à espera do nosso regresso. Não queremos que ela venha à nossa procura, certo?

A divisão onde entrei parecia ser uma espécie de escritório. As paredes estavam forradas de estantes e no centro encontrava-se uma secretária antiga, feita de mogno ou algo semelhante, com uma base de pele verde, criando uma área de escrita. Abri algumas das gavetas, tentando fazer o mínimo barulho possível. As gavetas estavam vazias, tal como as estantes. Porém, ao canto da divisão, estava uma pilha de caixas de cartão, cada uma fechada com uma forte fita adesiva, e um grande baú de chá de madeira, que parecia estar repleto de documentos e revistas.

Partindo do princípio de que os meus dois minutos já se tinham esgotado, voltei à cozinha e encontrei a Libby já lá a verter água quente para duas canecas.

- Alguma coisa? - perguntei-lhe.

- É estranho. Há uma sala de estar, mas as poltronas e o sofá têm um lençol por cima e não há quadros na parede, nem mesmo um relógio. Não parece que alguém esteja a planear relaxar aí hoje. E tu? Encontraste alguma coisa?

- Não, nada. O escritório dela está vazio, exceto por um monte de caixas. Nada nas gavetas da secretária, não há decoração nem fotografias.

- Abriste as gavetas?! Pensei que tinhas dito para não mexer em nada?...

- Não mexi, só abri as gavetas. Olha, vamos levar as bebidas e ver se conseguimos descobrir o que eles estiveram a conversar.

Segui a Libby até à sala de jantar e, quando nos aproximámos, ouvi a voz da Dorothy, aguda e penetrante.

- Ninguém jamais vai acreditar em ti - gritou ela.

Não esperei pela resposta. Abri a porta e encontrei a Dorothy de pé, com os braços levantados e uma expressão cruel no rosto. O Hugh estava sentado ao fundo da mesa de jantar, olhando intensamente para a Dorothy como se tivesse sido esmurrado.

- Alguém quer uma bebida? - perguntou a Libby, num tom leve.

Ambos se viraram para olhar para nós e eu hesitei junto à porta, perguntando-me quem iria dar o passo seguinte.

- Estamos de saída - disse o Hugh. - Vou voltar, Dorothy. Podes apostar nisso.

- Faz o que quiseres, não vai fazer diferença nenhuma agora - respondeu ela, passando pela Libby e mantendo a porta aberta.

Assim que os três entrámos no carro, virei-me para o Hugh e reparei que as mãos dele estavam a tremer.

- O que aconteceu entre vocês os dois?

- Não quero falar sobre isso. Leve-me para casa, por favor.

- Para casa? Para o seu alojamento, quer dizer?

Ele anuiu e virou a cara para olhar pela janela. Fiquei com o pressentimento de que ele não estava a ver nada enquanto seguíamos de volta para Tamarisk Bay, em silêncio. A nossa visita tinha resultado em mais perguntas que respostas.

Deixámos o Hugh no seu alojamento, lançando um olhar de aviso à Rosetta. Vimo-lo a subir devagar as escadas até ao quarto dele, com os ombros caídos para a frente e a cabeça pendida. Para um homem habituado a feitos de grande bravura, hoje parecia como se não tivesse apenas perdido uma batalha, mas a guerra inteira.

Um aroma acolhedor deu-me as boas-vindas ao abrir a porta de casa.

- Como é que sabias no que estava a pensar a caminho de casa? - perguntei, entrando na cozinha.

- Telepatia. Todas as boas parcerias a têm, sabes - disse o Greg, pegando no meu casaco e no cachecol, e fazendo um gesto para me sentar. - Um ou dois?

- Precisas de perguntar? Dois, claro.

Passou-me um prato com dois bolinhos *crumpets* quentes, com a manteiga ainda a derreter numa poça dourada no centro de cada um.

- Sabia que havia uma razão para ter casado contigo - disse eu, dando-lhe um beijo pegajoso nos lábios, depois da primeira dentada.

- Como está a minha mulher, a super detetive amadora? O plano resultou? Descobriram a Dorothy desaparecida?

- Deixa-me terminar de comer antes que arrefeçam e depois conto-te tudo. E o Alex? Já temos torneiras que não pingam?

- As torneiras estão operacionais e arranjadas, minha senhora. Devemos-lhe uma espécie de agradecimento. Eu paguei-lhe uma cerveja, ele não quis aceitar dinheiro. Talvez o possamos convidar para jantar um destes dias?

- Ele tem namorada?

- Que eu saiba, não. Porquê? Não estás a pensar fazer de casamenteira, estás?

- Acho que ele não é o tipo da Libby e, de qualquer das formas, tenho o pressentimento de que o coração dela está virado para outra pessoa de momento, mas a Becca chega da universidade em breve, não é? - disse eu a sorrir. – Então, e se convidarmos o Alex e a Becca mais a tua mãe e o teu pai ao mesmo tempo? Nessa altura podemos falar sobre os padrinhos e vemos se o teu pai ainda quer dar uma mãozinha na decoração do quarto do Feijão. Não disseste que ele se tinha oferecido?

- OK, parece-me bem. Vou falar com eles. Vá, agora conta-me o que aconteceu com o Hugh, estou em pulgas! Até gosto da ideia da minha mulher ser investigadora. É como ter uma série de televisão privada para acompanhar todas as noites.

Afastei o prato vazio para o lado e fui buscar o meu caderno.

- Quem diria?... - disse ele, interrompendo.

- O quê?

- Olha para ti, a fazer listas, a seguir um sistema.

- O que queres dizer? Sou excelente com sistemas, por isso é que sou uma bibliotecária muito boa - disse eu na defensiva.

- É uma pena que não apliques isso a todas as áreas da tua vida, como listas de compras - respondeu ele com um sorriso rasgado.

Ele estava a brincar comigo por, na semana anterior, eu ter feito uma lista, mas ter ido às compras sem ela e termos ficado sem manteiga durante três dias.

- Já percebi. Portanto, tínhamos razão, era a casa da Dorothy e o Hugh convenceu-a a deixar-nos entrar. Depois, enquanto os dois ficaram a conversar... bem, mais a discutir que a conversar... eu e a Libby fomos explorar.

- Por explorar devo entender como meter o nariz?

- Uma questão de necessidade. Mas o que achas disto: parecia que ninguém vivia naquela casa. Não havia comida nos armários nem comida no frigorífico. Em ambas as divisões onde entrámos, havia coisas encaixotadas. Porque é que alguém viveria assim?

- Não viveriam.

- Então, o que achas que significa?

- É isso, não é? Não viveriam assim, a não ser que estivessem a pensar deixar de viver lá. A não ser que estivessem a pensar em mudar-se.

CAPÍTULO 25

Quando a porta da biblioteca se abriu na manhã seguinte, a última pessoa que esperava ver era a Dorothy. Ela entrou em passos largos e chegou ao balcão olhando furiosamente para mim. O casaco cor de camelo tinha uma nódoa na gola e um dos botões estava quase a cair. Tinha um cachecol de lã castanho à volta do pescoço e uma boina castanha na cabeça, o que me fez lembrar um uniforme da escola.

- Como é que ele a meteu nisto? - perguntou ela.

- Desculpe?

- O seu suposto *amigo*, o Hugh Furness.

- Sr.ª... - hesitei.

- O meu nome é Sr.ª Madden, mas, como disse ontem, pode chamar-me Dorothy. Não sou presunçosa, ao contrário de alguns.

- Bem, Dorothy, não tenho a certeza do que acha que sabe, mas a minha relação com o Hugh é privada.

- Aposto que é. O seu marido sabe sobre ele, sabe?

- Não aprecio esse seu tom de voz, Dorothy. Talvez se queira sentar um pouco para podermos começar de novo. Talvez possamos começar por "Bom Dia"?

Fui buscar a cadeira desdobrável atrás do balcão e ofereci-lha.

- Estou bem em pé. Pelo aspecto dessa sua barriga, é você quem precisa de descansar. Então, vamos lá, diga-me. Ele está a pagar-lhe?

Tinha uma expressão trocista no rosto e um tom ácido na voz.

- Tal como disse, a minha relação com o Hugh é privada.

- O Hugh é generoso com o dinheiro, olá se é. Sabe que o dinheiro nem sequer é dele? A família da mulher é que era rica. Calhou bem ela ter morrido e deixando o dinheiro para ele.

De todos os pensamentos que corriam pela minha cabeça, o mais premente era como poderia convencer esta mulher desagradável a ir-se embora.

- E que tal se lhe contar algumas verdades cruas? - disse ela. - O homem para quem trabalha é um mentiroso.

Era a segunda vez que me diziam para não confiar no Hugh.

- Estou contente por ter vindo, Dorothy - disse eu, decidida a esclarecer as mentiras que pareciam rodear este caso. - Gostava de lhe fazer algumas perguntas sobre um broche.

Fulminou-me com os olhos antes de um sorriso maldoso se espalhar pelo rosto.

- Que broche seria esse?

- Acho que sabe a resposta a isso.

- E que tal se me disser com todas as letras?

- Roubou um broche. Foi quando estava no Exército das Camponesas, durante a guerra.

- Ah! - ela fingiu que estava a rir, mas soando a falso. - Deixe-me pensar... Você nem devia ser ainda nascida nessa altura, pois não?

- O Hugh tem provas. Ele mostrou-mas.

- Provas, ei? Bem, precisa de ter cuidado antes de atirar acusações dessa maneira. Podia meter-se em sarilhos e tenho a certeza de que o seu pai não quereria isso, certo?

O meu coração disparou e a adrenalina inundou-me o corpo.

- Como sabia onde me encontrar, Dorothy? Quem lhe disse que eu trabalhava aqui?

- Oh, você não é difícil de encontrar!... Deveria saber tudo sobre como encontrar pessoas, afinal já fez isso antes, não foi?

- Foi o Kenneth - disse eu, sentindo as peças do puzzle a encaixar. O Kenneth teria contado tudo à irmã. A Dorothy não devia ter ficado surpreendida quando eu e a Libby aparecemos à porta da casa dela. - O que aconteceu ao broche, Dorothy?

- Acho que não tem nada a ver com isso, pois não?

- Pode passar a ter a ver com a polícia, porém.

- Portanto, a rapariga é parva o suficiente para me ameaçar. Bem, pense de novo. Está um bocadinho fora de pé aqui. Deixe-me adivinhar a história que o Hugh se lembrou de inventar. Provavelmente contou-lhe que eu tirei uma coisa preciosa da mulher dele e que ela carregou essa tristeza até ao seu leito de morte.

Comecei a sentir os soluços a emergirem e respirei fundo várias vezes para os tentar controlar. A Dorothy olhou para mim interrogativamente.

- Não vai desmaiar agora, pois não?

Ela parecia genuinamente preocupada e toda a amargura desaparecera da sua voz. Servi-me de um pouco de água e sentei-me, enquanto ela se manteve de pé.

- Porque é que se meteu nesta grande confusão? - perguntou ela. - Pode afastar-se agora, fingir que nunca conheceu nenhum de nós.

Abanei a cabeça, perguntando-me o que seria que ela estava desesperadamente a tentar esconder. Durante todo o tempo em que estivéramos a conversar, não entrara nenhum cliente na carrinha. Nessa altura, porém, a porta abriu-se e a Ethel Latimer entrou, aproximando-se do balcão.

- Não quero incomodar, vejo que está ocupada - disse ela calmamente, olhando de soslaio para a Dorothy.

- Precisa de trocar um livro? - perguntei-lhe, sabendo a resposta, pois não tinha nenhum livro na mão e não havia espaço para um na malinha de mão que trazia.

- Só vim informar sobre o estado de saúde da minha mãe - disse ela, enfatizando a última palavra.

- Ainda vou demorar um bocadinho aqui - disse eu, consciente de que a Dorothy estava a observar-nos.

Nesse momento, a Dorothy pôs uma mão no meu braço.

- Pode falar com a sua amiga. Só vim cá para lhe dizer uma coisa - disse ela enquanto eu afastava o meu braço.

Antes que pudesse responder, ela começou a dirigir-se para a porta.

- Espere! Não me disse nada - disse eu, tentando não mostrar o desespero na minha voz.

- Diga ao Hugh que nunca mais me vai ver. Vou-me embora e desta vez ele nunca me vai encontrar - disse ela.

Depois abriu a porta e saiu antes que eu pudesse dizer mais alguma coisa.

- O que é que foi aquilo? - perguntou a Ethel.

- Acredite ou não, aquela era a Dorothy Elm, a mulher que deu um estalo à sua sogra há vinte e cinco anos.

- Meu Deus, era mesmo? Quem me dera ter sabido disso enquanto ela estava aqui ao meu lado. Tinha-lhe dito poucas e boas.

Bebi uns quantos goles de água, tentando sanar as minhas emoções, que eram um misto de alívio e frustração.

- Está bem? - perguntou ela. - Ficou muito pálida. Ela aborreceu-a, foi? Parece que pouco mudou ao fim de todos estes anos. Ela continua a ser uma pessoa desagradável.

Respirei fundo umas quantas vezes e obriguei-me a sorrir para a tranquilizar.

- O que é que me queria contar sobre a Freda?

- Estava a pensar se já teria tido oportunidade de falar com a Phyllis? Lembra-se que lhe disse que as duas estiveram a conversar sobre os velhos tempos.

- Não, os acontecimentos a modos que me ultrapassaram. Olhe, até estou admirada que a Phyllis tenha ido lá fazer uma visita. Ela tem o tornozelo magoado. Estava a coxear na última vez que a vi. Imagino o quão difícil deve ter sido para ela apanhar o autocarro.

- Bem, conhece a Phyllis melhor do que eu, mas diria que não há nada que a faça mudar de ideias quando põe alguma coisa na cabeça.

- A Freda já lhe disse mais alguma coisa? Sobre o incidente com a Dorothy?

- Vai dizendo algumas coisas soltas aqui e ali, de vez em quando. A maior parte do tempo ela mistura o passado com o presente, portanto, é difícil ter a certeza do que está a tentar dizer.

- Disse alguma coisa específica?

A Ethel anuiu.

- Aquele recorte de jornal que deixou, o que tem a fotografia delas as duas... Bem, ela guarda-o dentro da Bíblia. Ela tem sempre uma Bíblia ao lado da cama, não que alguma vez a tenha visto lê-la. Porém, nos últimos dias, ela passa o tempo a tirar o artigo de lá de dentro e a apontar para a fotografia, espetando o dedo e dizendo "*mentiras, são tudo mentiras*".

Um investigador tem de se concentrar nas provas, principalmente. Suposições e boatos não têm validade em tribunal e não constituem fundamento para uma condenação. Mais tarde nesse dia, quando a biblioteca estava vazia, tirei o meu caderno e li as provas concretas que tinha reunido.

Claro que, para as provas serem relevantes, teria de se constatar que um crime fora cometido. Tenho a prova de que a Dorothy estava a usar um broche que parecia ser valioso, mas apenas a acusação do Hugh de que o broche pertencia à mulher. Tudo o resto, a alusão de que a Dorothy estava em perigo, o comportamento estranho do Kenneth, e a recordação da Freda sobre o seu encontro com a Dorothy, era tudo circunstancial, pedaços de informação que não encaixavam muito bem.

Havia apenas uma via ainda aberta e essa era confrontar o Hugh e dar-lhe uma última oportunidade para me dizer toda a verdade e nada mais que a verdade.

CAPÍTULO 26

A Rosetta Summer abriu a porta do alojamento do Hugh, deixando-me entrar com um gesto extravagante da mão.

- Oh, que bom que tenha vindo hoje. O Sr. Furness ainda está no quarto, mas fiz café e podemos tomá-lo todos juntos! - exclamou ela.

A intenção era boa, mas nesse dia precisava de ficar a sós com o Hugh para podermos falar à-vontade.

- Obrigada, isso é muito agradável. Mas posso falar a sós com o Sr. Furness por alguns instantes? Tenho uns assuntos de família para tratar com ele.

- Claro, claro. Veio vê-lo a ele, não a mim. Eu compreendo - disse ela, com uma voz desanimada e toda a alegria a desaparecer-lhe do rosto.

- Não, de todo. Eu e o Hugh precisamos de apenas uns instantes para conversar e depois podia juntar-se a nós...

Hesitei, apercebendo-me de que estava a fazer um convite à pobre mulher dentro da sua própria casa. Entretanto, ouvi passos, enquanto ainda estávamos no corredor. Olhei para cima e vi o Hugh a descer as escadas devagar.

- Janie - disse ele, ainda com ar de quem tinha sido derrotado.

- Pensei que podíamos ter uma conversa breve - disse eu - se estiver a sentir-se suficientemente bem?...

- Oh, estou bem - disse ele e a voz desmentiu as palavras. - Sr.ª Summer, importa-se que nós os dois usemos a sala de estar para conversar?

- Levo-vos café - disse ela, sorrindo educadamente e depois virou-se e foi para a cozinha.

Eu e o Hugh sentámo-nos em frente um ao outro nas poltronas de veludo que se encontravam junto à lareira.

- Hugh, vou direta ao assunto. Contou-me muitas coisas sobre o seu passado, mas acho que ainda há muita coisa que ficou por contar.

Olhei diretamente para ele, observando a reação dele. Por instantes, ele evitou olhar para mim, contemplando um pedaço de penugem branca nas suas calças cinzento-escuras e sacudiu-a para o chão. Por fim, olhou para mim.

- É astuta. Sim, induzi-a em erro.

- Preciso de muito mais que isso, Hugh, preciso que me diga porque é que me induziu em erro. Está na altura de me explicar tudo o que aconteceu entre si e a Dorothy em 1944.

Antes que ele pudesse responder, ouviu-se bater à porta. Levantei-me para ir abrir a porta e a Rosetta entrou com um tabuleiro contendo uma cafeteira, chávenas em pires, e um prato de biscoitos escoceses acabados de fazer. Ela colocou o tabuleiro no aparador e saiu da sala sem dizer uma palavra.

- Sinto-me culpada por pedir à Rosetta que fique de fora da sua própria sala de estar - disse eu.

- Posso contar-lhe uma ou outra coisa sobre culpa, minha querida - disse o Hugh, baixando a cabeça, com a voz carregada de emoção.

- Há mais na história do que aquilo que me contou até agora, não é verdade?

- Devia ter percebido quando a conheci.

- O quê? - perguntei-lhe.

- Eu contratei-a por causa da sua tenacidade. Devia ter sido mais franco consigo desde o início e lamento não o ter sido. Mas teria feito pouca diferença no desfecho final.

Havia uma tristeza desesperada na voz, um esgotamento.

- Ainda não foi nada finalizado, Hugh. Prometi-lhe que encontrava a Dorothy. Bem, já a encontrei. Mas agora precisa de me dizer a verdadeira razão porque me contratou.

As mãos estavam pousadas no seu colo e reparei que tremiam.

- Cerca de dezoito meses depois de me ter casado com a Winnie recebi uma carta da Dorothy. Ela tinha-me encontrado através da R.A.F. O dia em que a carta chegou, foi o mesmo dia em que a Winnie teve o segundo aborto espontâneo.

As lágrimas agora corriam-lhe pelo rosto, em ambos os lados do nariz, e caíam pelo queixo. Tive me impedir de me levantar para as ir limpar.

- Lamento imenso, Hugh. Deve ter sido difícil para vocês os dois.

- Ainda mais difícil depois de ler o conteúdo da carta da Dorothy. Ela disse-me que eu tinha um filho.

Reprimi um arquejo para evitar distraí-lo de partilhar as suas memórias dolorosas.

- A Dorothy estava a exigir dinheiro. Dizia que a vida era muito difícil, para conseguir sustentar-se a si própria e ao bebé. Pediu-me para lhe enviar dinheiro uma vez por mês. Não mostrei a carta à Winnie. Sabia que lhe ia partir o coração saber que eu tinha um filho algures no mundo. Escrevi de volta, dizendo-lhe que claro que lhe enviaria dinheiro para a ajudar a cuidar do meu filho, mas em contrapartida queria saber mais sobre a criança. Pedi-lhe uma fotografia, implorei-lhe que me dissesse como ele era. Claro que, se fosse solteiro, ter-me-ia oferecido para fazer o mais decente e teria casado com ela, mas disse-lhe que isso não era possível. Disse-lhe que, se me dissesse onde vivia, a iria visitar. Queria ver o meu filho.

- O que aconteceu? Chegou a conhecê-lo?

Ele abanou a cabeça e usou o lenço para limpar a cara. Ainda tinha as mãos a tremer e desviou o olhar, evitando olhar para mim.

- A Dorothy respondeu a dizer que nunca iria deixar-me vê-lo. A carta era violenta, quase histérica. Dizia que a tinha traído ao casar-me com outra pessoa. Tudo o que ela queria era dinheiro e se não lho enviasse iria contar tudo à minha mulher.

- Oh, Hugh - disse eu, procurando as palavras certas, mas falhando redondamente. - Então, tem-lhe enviado dinheiro desde então?

- A ideia era enviar o dinheiro para uma caixa postal no posto de correios principal de Tidehaven. Supus que vivesse perto dali, mas não tinha a certeza. A Winnie devia ter sabido desde sempre. Não conseguia perceber porque é que ela comprava o Tidehaven Observer, mas devia ter intuído qualquer coisa. Quando ela morreu e encontrei o recorte de jornal, percebi que ambos tínhamos guardado segredos um do outro. Vinte e cinco anos de segredos e mentiras.

Ele olhava para baixo e a voz era pouco mais que um murmúrio. Não suportava vê-lo tão em baixo.

- Ela ficou com imenso dinheiro seu ao longo dos anos. Suponho que agora que lhe disse que os pagamentos iriam terminar, ela apercebeu-se que teria de se mudar?

- O que quer dizer?

- Quando estivemos lá no outro dia, na casa dela, eu e a Libby demos uma vista de olhos por ali. Todas as coisas dela estão encaixotadas. Depois a Dorothy veio ter comigo à carrinha da biblioteca. Disse-me para lhe dizer que nunca mais a iria ver. Vai mudar-se para um sítio onde nunca mais vai conseguir encontrá-la.

Tinha uma expressão de dor como se se estivesse a torturar ao se recordar dos acontecimentos passados.

- Ela fez-me de parvo. Enviei-lhe dinheiro durante vinte e cinco anos para ajudar a cuidar do meu filho. Um filho que nunca pude conhecer, nem sabia o nome dele. Costumava imaginar qual seria o aspeto dele, se me reconheceria nele. Ela nunca me contou sobre a escola dele, os amigos, os seus sonhos e planos. E sabe porquê?

Como não respondi, ele continuou com uma voz de vitríolo.

- A razão, minha querida, é porque não tenho filho nenhum. Que tal? A Dorothy riu-se por último, sem dúvida. Finalmente tinha uma oportunidade de o conhecer e afinal ele não existe.

A voz dele aumentou de volume, era quase estridente, a respiração acelerou e reparei que estava a suar. Então, começou a tossir, o que há muito receava que acontecesse. Quando me desloquei para colocar a minha mão nas suas costas, para lhe dar algum conforto, a tosse piorou. A porta da sala de estar abriu-se e a Rosetta entrou de rompante.

- Oh, não - lamentou-se ela. - Chamo uma ambulância?

Ela estava agora ao lado do Hugh, que se esforçava por respirar entre os ataques de tosse. Acenei afirmativamente com a cabeça quando os nossos olhos se cruzavam por cima da cabeça do Hugh. Ouvi solenemente ela a fazer a chamada no corredor enquanto continuava a passar a mão pelas costas do Hugh, falando calmamente com ele, lembrando-o para respirar devagar, na esperança de que uma voz suave pudesse ajudá-lo a acalmar-se.

Após passar metade da vida na esperança de um dia conhecer o seu único filho, ser-lhe dito que ele nunca existiu era o golpe mais cruel.

CAPÍTULO 27

Uma hora mais tarde, o Hugh estava a ser bem cuidado no hospital, de volta ao oxigénio, e eu dirigi-me à redação do Tidehaven Observer. Felizmente, a Libby estava na sua secretária.

- Janie! - exclamou ela com o rosto iluminado, mas depois franziu o sobrolho quando viu a preocupação estampada no meu rosto.

- Podes sair por um bocadinho? - murmurei, depois de já ter atraído a atenção do colega da secretária vizinha.

Ela pegou no casaco e na mala e saiu comigo para a rua.

- Onde tens o carro estacionado? - perguntei-lhe. - Vieste a conduzir ou apanhaste o autocarro?

- Vim a conduzir. Tenho de ir até Brightport. Há lá uma competição qualquer relacionada com bolos caseiros, ou uma palermice desse género. O que se passa, Janie, estás com os nervos em franja.

- Explico-te no caminho.

- Onde vamos?

- A Faversham Road, número 73.

- Certíssimo, vamos lá.

Enquanto seguíamos para a casa da Dorothy, contei à Libby sobre os acontecimentos do dia bem como o encontro que tivera com a Dorothy no dia anterior.

- Que vaca - disse ela.

- Não te reprimas - comentei eu com um sorriso de esguelha.

- Durante anos ela fez o pobre homem acreditar que tinha traído a mulher, ele deu-lhe dinheiro, e tudo em vão. Ele manteve a esperança por mais de vinte anos e agora ela disse-lhe que afinal não há filho nenhum. Mas tu achas que o Hugh tem um filho, não achas?

- Nós vimo-lo.

- O bonitão?

- Tenho a certeza. A função do Kenneth era impedir o Hugh de descobrir a verdade. Além disso, acho que o rapaz não sabe o que a mãe andou a tramar todos estes anos. Estou tão fula comigo mesma por não ter tirado uma fotografia. Se tivesse tirado uma fotografia dos três, então a Dorothy não poderia negá-lo. Assim, vamos ter dificuldade em conseguir que ela o admita.

- O Hugh vai ficar bem?

- Ele é um homem doente e toda esta agitação não está a ajudar.

Estacionámos em frente à casa da Dorothy e quase nem tinha tido tempo de sair do carro quando a Libby tocou à campainha.

- Sou uma rapariga numa missão - declarou ela, virando-se para mim a sorrir.

Ouvimos a corrente a deslizar e depois a porta abriu-se num fenda.

- Oh, são vocês as duas - disse a Dorothy. - Bem, que surpresa.

- Deixe-nos entrar, Dorothy. Temos informações que são do seu interesse - disse eu.

Ela retirou a corrente, abriu a porta e afastou-se para nos deixar entrar.

- O que é, então? - perguntou ela.

- Não vou falar consigo aqui de pé à entrada. Que tal se nos fizer a cortesia de nos receber convenientemente? - perguntei.

Resmungou um pouco, virou as costas e caminhou pelo corredor enquanto nós seguimos atrás dela. Ao entrarmos na sala de jantar, ficámos de pé junto à mesa de mogno, onde a maçã ainda lá estava, ainda mais podre.

- O Hugh está no hospital - disse para ver a reação dela.

Ela levantou uma sobrancelha e depois puxou de uma cadeira e sentou-se.

- Mais vale sentarmo-nos.

Ela fez um gesto para nós nos sentarmos no outro lado da mesa.

- Ele está extremamente mal, os médicos estão preocupados com ele - continuei, ignorando o olhar interrogativo da Libby.

- O que é que eu tenho a ver com isso? - ripostou a Dorothy.

- Quer mesmo que o seu filho perca a oportunidade de conhecer o pai? - perguntei.

- Que filho? - perguntou.

- Vá lá, Dorothy, não nos tente enganar! Nós sabemos que mentiu ao Hugh. Você tem mesmo um filho, o filho dele.

- Como se atreve a chamar-me mentirosa? É melhor ter provas. Posso acusá-la de difamação de carácter.

- Dorothy, sabe que há uma forte possibilidade de o Hugh morrer?

- Todos nós vamos morrer - disse ela.

- Não acredito que seja uma má pessoa, Dorothy. Esta é a sua oportunidade de remediar as coisas - disse eu, tentando manter a voz objetiva, mas persuasiva.

- Porque é que eu quereria remediar as coisas? A minha vida tem sido dura. Ele estava bem, com a sua mulher fina e todo o dinheiro dela.

Por alguns momentos, ninguém falou. A Dorothy fulminou-me com os olhos, como se a tentar pesar as suas opções. Eu mantive o olhar, perguntando-me qual de nós as duas iria ceder primeiro.

- O Raymond, - disse ela, com voz quase reverencial - é um bom menino.

Levantei uma sobrancelha.

- Oh, eu sei que ele já é um jovem, mas ele será sempre o meu menino.

Havia uma suavidade na sua voz que nunca tinha ouvido antes.

- O Hugh não o quer afastar de si, Dorothy. É disso que tem medo? Foi por isso que lhe mentiu?

Ela encolheu os ombros.

- Sabe que a mulher dele teve dois abortos espontâneos. O Raymond é o único filho do Hugh.

- Ela pode não ter tido filhos, mas teve um marido, não teve? É mais do que eu tive.

- E então o Sr. Madden? - perguntou a Libby de repente.

- Nunca houve nenhum Sr. Madden. Quando voltei para aqui, grávida do Raymond, tive de dizer alguma coisa. Portanto, disse a toda a gente que tinha conhecido um piloto, que tinha casado e depois ele tinha morrido na guerra. Um adequado herói de guerra.

- É isso que o Raymond acredita? Que o pai dele era um herói de guerra? - perguntou a Libby.

A Dorothy anuiu.

- Bem, é suficientemente verdadeiro - disse eu. - O Hugh foi um herói de guerra. Pilotar aviões para realizar missões perigosas, assumindo riscos para salvar vidas...

- Errei ao adoptar o nome de solteira da minha mãe - disse ela, com voz severa novamente. – Depois, uma intrometida ficou desconfiada e acusou-me. Rapidamente pu-la no lugar dela.

O rosto da Freda Latimer surgiu-me na mente. Outra peça do puzzle que se encaixava.

- Ainda gosta de poesia, Dorothy? - perguntei-lhe.

Os olhos abriram-se muito e detetei um estremecimento na sua voz.

- Poesia? O que é que faria com poesia?

- Costumava escrever poesia, não era? O Hugh contou-me como ele adorava ouvi-la ler versos em voz alta.

Calei-me para ver a reação dela.

- Era jovem, com ideias fantasiosas. A vida acaba logo com essas coisas. Espere e veja por si - disse ela a apontar para a minha barriga de grávida.

- Impedir o seu filho de conhecer o pai é um ato de uma pessoa vingativa. Não seja essa pessoa, Dorothy. Procure a amabilidade que existia no seu coração naquela altura. Ela ainda existe lá no fundo, não existe?

- É difícil ser mãe, ainda mais difícil quando o fazemos sozinha. Se não fosse o Kenneth... - ela calou-se a meio da frase e desviou o olhar de nós, na direção da janela.

Uma nuvem carregada passou pela casa, bloqueando a luz que se desvanecia, e cada uma de nós tornou-se uma silhueta contra o céu de inverno. Tínhamos chegado a um impasse.

- Vamos embora, Dorothy, mas antes de irmos, vou pedir-lhe mais uma vez para aproveitar esta oportunidade de ser honesta com o seu filho. Ele vai agradecer-lho no futuro e acho que o seu coração sabe isso.

Ela levantou-se e encaminhou-se para a porta com um ar profissional. Depois, abriu-a e fez um gesto para nós seguirmos à frente dela.

- Vai pensar seriamente sobre isso? Antes que seja tarde demais para todos? - disse eu, agarrando a minha última oportunidade para a convencer.

Não vi a reação dela, se é que houve alguma, porque uns momentos depois ela pôs-nos porta fora sem mais nenhuma palavra.

- Como achas que aquilo correu? - perguntou a Libby enquanto entrávamos no carro.

- Estiveste surpreendentemente calada.

- Achei que tinhas o controlo da situação. És melhor a manter a calma, portanto, achei que era melhor não meter o bedelho e estragar tudo.

- Não estava calma. Estava furiosa, para ser honesta. OK, o Hugh errou, mentiu e guardou segredos. Mas no que toca a desonestidade, acho que a Dorothy ganha o primeiro prémio. Coitado do Raymond.

Parecia que os meus poderes de persuasão eram mais do que adequados.

Adoraria ter estado presente quando a Dorothy disse ao filho a verdade sobre o pai dele, ter ouvido a explicação de como o Hugh os tinha apoiado financeiramente durante vinte e cinco anos sem nunca poder conhecer o seu único filho. Porém, para mim era suficiente saber que, finalmente, pai e filho se iriam conhecer. A carta que me tinha anunciado esta feliz notícia estava entre o correio do meu pai. Fora entregue em mão e não havia qualquer indicação sobre quem a poderia ter escrito ou quem a poderia ter colocado na caixa do correio. Tinha pouco mais de duas horas para chegar ao hospital com a Libby para poder estar presente, ainda que brevemente, no momento em que o Hugh fosse conhecer o filho pela primeira vez.

Quando eu e a Libby encontrámos o Raymond no átrio do hospital, fiquei impressionada com a sua postura educada, quase cavalheiresca, fortemente contrastante com a da sua mãe. A Libby ficou impressionada de outra maneira. Tinha passado a hora anterior preocupada com a maquilhagem, virando a gola do casaco para cima e depois para baixo.

- Sabes porque é que nos vamos encontrar com o Raymond, certo? - perguntara.

- Claro que sim.

- Bem, acho que a cabeça dele vai estar concentrada noutras coisas que não em mulheres.

- A primeira impressão e tudo isso - respondera ela, tirando um espelho da mala e verificando o batom pela centésima vez.

Ele chegou pontualmente, vestindo umas calças à boca de sino verde-escuras, botas de cowboy e uma camisola de lã Aran de cor creme. Por momentos fiquei preocupada que tivesse calor, por causa da camisola, quando estivesse ao lado da cama do seu pai. Nas duas ocasiões em que o tínhamos visto antes, ele estava com o cabelo solto, mas hoje tinha-o apanhado num rabo-de-cavalo, o que lhe acentuava o maxilar e as patilhas escuras. Dirigiu-se a nós com a mão estendida e apertou primeiro a minha e depois a da Libby. Reparei que ela mantivera a mão dele apertada durante um pouco mais de tempo que o necessário e que ele sorriu para ela. Já conseguia imaginar a conversa que teríamos a caminho de casa enquanto ela iria recordar com deleite cada segundo do encontro.

A tensão foi aumentando à medida que caminhávamos pelo corredor da enfermaria onde estava o Hugh. Tinha-me aconselhado junto ao médico do Hugh sobre a melhor maneira de abordar este primeiro encontro. Depois de explicar ao médico o peso emocional que teria, ele aconselhou que avisássemos o Hugh apenas uma hora antes do Raymond chegar. Claro que havia a hipótese remota de que o Raymond não aparecesse e então o desapontamento do Hugh seria impossível de suportar.

Mantivera breve essa minha visita ao Hugh. Nunca me iria esquecer da expressão dele quando lhe contei que finalmente ele estava prestes a conhecer o filho. Deixara-o absorver as notícias.

- Ele vem cá vê-lo. Ele vai chegar daqui a cerca de uma hora.

Segurei-lhe a mão enquanto falava e pude senti-la a tremer. A jovem enfermeira, que tinha sido muito amável comigo quando o Hugh estivera no hospital na última vez, estava de serviço a monitorizar a respiração dele. A máscara de oxigénio teve de se manter no sítio, portanto, ele não podia falar, mas o brilho dos seus olhos dissera-me tudo o que eu precisava de saber. O Hugh podia ter cometido erros na vida, podia ter tomado decisões erradas, mas ao longo dos meses que trabalhei para ele tinha-me afeiçoado a ele. Tinha a certeza de que o conselho do Poirot seria evitar ligações emocionais enquanto se trabalha num caso, pois nunca se sabia quem acabaria por se revelar ser o culpado. A culpa podia recair sobre a Dorothy e o Hugh, e mesmo sobre a pobre Winifred. No entanto, parecia-me que a verdadeira vítima era o Raymond. Um jovem que crescera sem nunca ter conhecido o pai. Pelo menos, ainda não era demasiado tarde para consertar as coisas.

CAPÍTULO 28

No FIM DAS CONTAS, não havia nenhum crime para reportar ao DS Bright. Tinha a certeza de que fora cometido um crime, não apenas o possível roubo do broche, mas a forma como a Dorothy recorreu a ameaças para obter dinheiro do Hugh. Porém, como Poirot poderia confirmar, para levar um caso a tribunal, era preciso apresentar provas concretas à polícia e isso era extremamente escasso.

Com o caso resolvido, podia finalmente descontrair. Ao regressar a casa do hospital, tomei um demorado banho de imersão, depois enrolei-me no meu roupão fofinho preferido e fui para a sala de estar onde o Greg tinha uma caneca de chá de limão preparada para mim.

- Então e o broche? Descobriste se ela o vendeu? - perguntou.

- A Dorothy nunca mo diria, mas acho que o vendeu e gastou o dinheiro há anos.

- E esse fulano do Furness continuou a pagar todo aquele dinheiro, todos os meses. É incrível que a mulher não tenha reparado.

- Parece que eles eram bastante ricos. Penso que a família da mulher tinha muito dinheiro e suponho que era o Hugh que tratava das finanças todas. Era assim que se faziam as coisas antigamente.

- Parece-me um plano excelente - disse o Greg, tentando manter uma casa séria.

- Não tenhas ideias. Já agora, deixa-me ir ver a lata do chá, ver se as três libras, quatro xelins e dois centavos ainda lá estão.

Todas as semanas púnhamos dinheiro na lata de chá e a cada poucos meses escolhíamos uma extravagância para o gastar. No mês passado tinha sido o álbum *"Abbey Road"* dos Beatles, que agora estava a tocar repetidamente como música de fundo.

- E impedir um filho de conhecer o pai... Nem acredito que uma mãe pudesse ser tão cruel.

- Bem, é como o Frank Bright me disse há séculos atrás: vemos o pior dos seres humanos neste trabalho.

- Suponho que não te estejas a referir à biblioteca... - disse o Greg com um sorriso malandro. - Falando em trabalho, ele já te pagou como tinha prometido?

- Ya, e esse definitivamente não vai para a lata de chá.

Coloquei as mãos na minha barriga de grávida e fingi murmurar:

- Feijão, amanhã vamos à loja encomendar um carrinho de bebé *Silver Cross*, sim?

- Não tenho uma palavra a dizer sobre isso?

- Tu, Sr. Juke, serás responsável por empurrá-lo até casa - disse eu e desatei a rir.

Faltavam apenas duas semanas para o Natal, o que nos dava mais razões para celebrar. Depois de confirmar que toda a gente queria experimentar comida italiana, fui até a casa da Rosetta Summer. Marcámos o jantar para sábado, de forma a que ela tivesse tempo para pensar no menu e comprasse o que fosse necessário.

- Trazemos uma garrafa de vinho - disse eu, mas ela acenou com a mão.

- Não, tenho guardado algumas garrafas de vinho que trouxe da última vez que fui à minha terra, para uma ocasião especial. E esta é uma ocasião especial - disse ela radiante. - Que pena que o Sr. Furness não possa jantar connosco, mas vou ficar a conhecer os amigos dele.

- Não é possível ele estar mais feliz do que neste momento, Rosetta, por isso não te preocupes com ele - respondi eu. - E eu prometi contar-lhe tudo sobre a nossa noite italiana na minha próxima visita ao hospital.

Eu e o Greg fomos buscar o meu pai e conseguimos enfiar o

Charlie na parte de trás do carro. A Libby levou consigo a Phyllis, que ainda coxeava um pouco como resultado da entorse, mas que não hesitava em usar uma bengala. Como tinha dito a Ethel Latimer, não havia nada que impedisse a Phyllis de fazer o que quer que ela metesse na cabeça.

Quando a Rosetta abriu a porta de entrada, fomos atingidos por um aroma de alho, manjericão e orégãos que vinha da cozinha. Ao caminharmos até à sala de jantar, reparei que não havia os mesmos enfeites e fitas coloridas que decoravam a casa do meu pai. Em vez disso, junto à janela saliente, estava um lindo presépio feito à mão. Enquanto a Libby fazia as apresentações, eu inclinei-me para o ver melhor. As figuras de José, de Maria e dos três Reis Magos estavam primorosamente pintados à mão e o bebezinho Jesus estava embrulhado um tecido de musselina. A Rosetta tinha colocado o presépio no banco por baixo da janela e tinha afastado as cortinas, permitindo que a suave luz amarela do candeeiro da rua o iluminasse, como se fosse a Estrela de Belém.

Estava tão extasiada que perdi as perguntas da Libby à Rosetta sobre a sua terra natal. Segundo a Libby, era o único país que ela sempre quisera visitar. Era a primeira vez que ouvia tal coisa, mas como o rosto da Rosetta se ia iluminando à medida que falava, percebi que a Libby tinha feito exatamente o que era preciso para quebrar o gelo.

- O seu presépio é perfeito - comentei. - Onde o encontrou?

- Trouxe-a da minha terra - disse ela radiante. - Um bocadinho de Puglia em Tamarisk Bay.

Levei o meu pai até à janela e descrevi-lhe o presépio, prometendo-lhe que no próximo ano teria um tão bonito como aquele, nem que o tivesse de fazer eu mesma.

- Imagina só, - disse eu, sentindo-me empolgada com a expectativa - será o primeiro Natal do Feijão.

- Não tenhas pressa. O teu pequenino pode ainda estar a gatinhar nessa altura - disse a Phyllis, tendo ouvido a nossa conversa. - Por isso, podes esquecer em pendurar bolas de Natal. Vai estar tudo no chão antes que dês por isso.

- Rosetta, dentro de alguns dias a minha Tia Jessica vem visitar-nos - informei-a enquanto ela servia bebidas a todos. - Adorava que a conhecesse. Ela tem vivido em Itália nos últimos anos, não sei em que região, mas talvez ela conheça a sua terra natal.

- Será maravilhoso falar sobre a Itália com a sua *Zia*. Ela vem por pouco tempo?

- Não sabemos, na verdade. Temos muitos anos para pôr em dia e parece que também vamos conhecer o amigo dela - interrompeu o meu pai, enfatizando as últimas palavras.

- Não é de admirar que ela tenha encontrado o amor em Itália, é o país do *amore* - disse a Rosetta radiante.

- Tudo o que sabemos é que o nome dele é Luigi - acrescentei.

- Outro mistério para si, talvez? - disse a Rosetta, piscando o olho.

Sentámo-nos à mesa de jantar, prontos para as entradas de chouriço e azeitonas. Era a primeira vez que comia ambos e o Greg desatou a rir com a cara que eu fiz ao provar a primeira azeitona.

- Blah! - exclamei quando o amargo da azeitona preta me atingiu a língua.

- Vai habituar-se - disse a Rosetta, sorrindo.

- Er, não, não me parece - respondi, colocando sorrateiramente as outras azeitonas que não tinha provado de volta ao prato no centro da mesa.

Consegui ter a minha vingança quando nos lançámos ao prato principal. Foi com prazer que vi o Greg e a Libby a lutarem para conseguirem enrolar o esparguete à volta do garfo, espalhando molho por todo o lado. Porém, a Phyllis demonstrou toda a sua perícia em manipular os fios contorcionistas. De forma a evitar constrangimentos ao meu pai, cortei-lhe o esparguete, mas depois fiz má figura ao comer o meu. A Rosetta observou tudo divertida.

- Não é assim tão difícil - disse ela. - É assim...

Usando apenas um garfo, ela enrolou uma quantidade perfeita de esparguete no prato e, quando o levou à boca, comeu-o sem grande alarido ou problema.

A conversa foi animada e agradável. De vez em quando, eu olhava para a Rosetta. Ela parecia um peixe dentro de água, completamente no seu ambiente, feliz com a companhia e com a oportunidade de mergulhar mais uma vez nos sabores e aromas da sua terra natal.

Duas horas mais tarde estávamos todos cheios. Os homens tinham apreciado o *vino rosso* da Rosetta e a Phyllis surpreendeu-nos ao anunciar que tinha falado com o diretor da Biblioteca Central sobre ajudar na biblioteca itinerante: começava em janeiro.

- Porém, não penses que vais poder relaxar - disse-me ela a piscar o olho. - Eu conduzo e tu fazes o resto.

- Parece-me um plano perfeito - disse o Greg, num tom demasiado entusiasmado.

Antes de eu poder começar uma conversa sobre condução, a Libby interveio.

- A Janie tem uma coisa para fazer antes da sobremesa.

Toda a gente se virou para mim e por instantes não sabia o que ela estava à espera. Então, lembrei-me.

- Ah, sim, finalmente vou ter uma oportunidade para usar isto - disse eu tirando a câmara do saco.

Nos dez minutos seguintes, andei por todo o lado a colocar toda a gente em poses para várias fotografias de grupo. A meio da sessão fotográfica, a Libby tirou-me a câmara e pegou-me nas mãos, observando com atenção os meus dedos.

- Está a resultar? - perguntou.

- Vê por ti.

- Dou-te um oito numa escala até dez pelo esforço. As tuas unhas ainda estão demasiado descuidadas para o meu gosto, mas acho que o verniz está a fazer alguma diferença. Continua, OK?

- Sim, chefe.

- Agora, deixa-me tirar uma fotografia de ti e do Feijão antes de ele nascer - disse ela.

- Uma com a mãe, o pai e o Feijão, acho eu - respondi, agarrando a mão do Greg.

O fim da noite chegou muito rápido, mas tinha de admitir que fui a primeira a dá-la por terminada. Despedimo-nos e a Libby e a Phyllis acompanharam-nos até aos carros.

- OK, já decidi - disse a Libby, abraçando-me. - Já sei o que vou fazer com o dinheiro que amavelmente me deste. Vou reservar uma viagem a Roma e com o dinheiro extra vou poder ver as vistas. Querem vir comigo?

O Greg aproximou-se de nós, agarrou-me a mão e apertou-a. Depois, em uníssono, respondemos:

- Talvez para a próxima. Vamos ter um bebé, não te esqueças.

Com as fotografias acabadas de revelar dentro do meu saco de lona, fui até ao hospital. Se o Raymond estivesse de visita, eu iria desculpar-me e desapareceria, mas quando me aproximei da cama do Hugh vi que não havia visitas e que a máscara de oxigénio ainda estava posta. Esta podia ser uma conversa de apenas um sentido, mas, desde que o conhecera, tinha aprendido a reconhecer as expressões dele, portanto, a linguagem corporal iria dizer-me tudo o que precisava de saber. Ele estava a dormir nessa altura, com os olhos tranquilamente fechados e uma respiração constante. O sobrolho franzido, que se tinha tornado permanente, tinha desaparecido. Sentei-me a observá-lo por algum tempo, imaginando como teria sido o primeiro encontro entre ele e o Raymond, o seu único filho. Coloquei as mãos sobre a minha barrigona e murmurei para o Feijão:

- Temos muita sorte, eu, tu e o teu pai. Nós os três seremos fortes, a cuidar uns dos outros e a partilhar tudo, sem segredos nem mentiras.

Os lençóis mexeram-se quando o Hugh acordou e virou a cabeça para mim.

- Olá – disse eu, desejando poder abraçá-lo. - Como está?

Levantou a mão com o polegar esticado e sorriu.

- Foi uma grande aventura, não foi? Trouxe umas fotografias para mostrar o jantar comemorativo que tivemos em sua homenagem. Foi uma pena que não pudesse ter ido.

Peguei nas fotografias e coloquei-as em cima da colcha. Ele pegou em cada uma delas para as ver mais de perto.

- Como pode ver, todos tivemos dificuldade em comer o esparguete. Exceto a Rosetta, claro. Ela é a única que não tem molho do esparguete na cara. A Phyllis safou-se muito bem também. Tenho um pressentimento de que deve ter ido a Itália algures no tempo.

Provavelmente quando era jovem.

Ele olhou para mim interrogativamente.

- A Phyllis? É a avó da Libby, membro da equipa de resolução de mistérios da Janie Juke - esclareci, piscando-lhe o olho. - Está a pensar que ela tem algumas histórias interessantes que preciso de lhe arrancar, não é?

Ele anuiu, levantou a mão e retirou a máscara de oxigénio.

- Estamos todos marcados pelas nossas experiências, isso é certo - disse ele, com a voz num sussurro.

- Não devia tirar a máscara. Daqui a nada temos a enfermeira-chefe a gritar connosco, se não tivermos cuidado.

- Quero agradecer-lhe.

- Tem piada.... Quando aceitei o seu caso estava contente por ir ganhar um dinheirinho extra e reconhecida por acreditar em mim e nas minhas capacidades. Porém, a melhor recompensa foi saber que o Hugh e o Raymond se conheceram.

Ele anuiu e sorriu.

- Não preciso de perguntar como foi quando o viu pela primeira vez, consigo imaginá-lo bastante bem. E quanto à Dorothy, acha que alguma vez a vai conseguir perdoar?

Ele encolheu os ombros e apontou para a mesinha de cabeceira.

- Na gaveta - disse ele.

Abri a gaveta e lá dentro, por cima da Bíblia, estava um postal com a fotografia de um avião de combate. Dei-a ao Hugh, ele virou-a e devolveu-ma.

"Serás sempre o meu herói, pai. O teu filho, Raymond" - li em voz alta e depois devolvi-lhe o postal.

- Winnie - disse ele, com uma voz sumida.

- Queria que a Winnie o tivesse conhecido, não era?

Ele anuiu e limpou as lágrimas que surgiram ao canto dos olhos, lágrimas com várias emoções misturadas: tristeza, alívio, alegria.

- Coloque a máscara outra vez, Hugh, poupe a sua energia. Vou ficar aqui um bocadinho até que consiga dormir.

Observei-o a fechar os olhos e a adormecer numa sono pacífico. Os problemas do Hugh começaram antes de eu nascer. A Dorothy causou-lhe angústia durante muitos anos, mas se ele nunca a tivesse conhecido, ele nunca teria tido o Raymond. Coisas boas que resultam de coisas más. Ele tinha esperado metade da vida para conhecer o filho. A nós, faltavam-nos alguns meses para conhecermos o nosso precioso filho. Coloquei as mãos por cima da minha barriga de grávida e apreciei os movimentos do Feijão.

OBRIGADA

Um agradecimento especial para a minha tradutora maravilhosa, Ana Catarina Palma Neves, que trabalhou arduamente para levar esta história ao público de língua portuguesa.

https://acpnprojects.com/acpn_translations/

Parte da minha pesquisa para este livro foi feita no "The Keep", que disponibiliza um maravilhoso arquivo com informações sobre East Sussex: www.thekeep.info/collections/ Eles ajudaram-me a garantir que os pormenores sobre a biblioteca itinerante da Janie fossem o mais precisos possível e a polícia de Sussex confirmou que a história do pai da Janie, o Philip, fazia sentido.

Neste livro era vital que a informação relacionada com a Segunda Grande Guerra e a Executiva de Operações Especiais fosse verdadeira e estou enormemente agradecida pelos conselhos que recebi por parte do Museu de Aviação Militar de Tangmere:

www.tangmere-museum.org.uk/

Consegui mergulhar nas histórias sobre o tempo da guerra lendo os arquivos da BBC sobre a Segunda Grande Guerra, The People's War [A Guerra das Pessoas]:

www.bbc.co.uk/history/ww2peopleswar/

A maioria dos autores concorda que escrever pode ser solitário. Portanto, sinto-me muito afortunada por ter o incentivo e o apoio de pessoas maravilhosas. A Janie podia ter definhado algures no caminho se não fossem elas. Os meus magníficos amigos escritores, o Chris e a Sarah, continuam a proporcionar-me não apenas críticas valiosas, mas também inspiração para continuar. Sinceros agradecimentos também para a minha família e os meus amigos, demasiado numerosos para serem nomeados individualmente. Estou grata a todos.

E, nas palavras de uma das minhas canções preferidas, o meu amor e agradecimento ao meu marido Al, que é *the wind beneath my wings* [o vento debaixo das minhas asas].

Como leitor, a suas palavras fazem toda a diferença

Críticas honestas sobre os meus livros ajudam outros leitores a encontrá-los. Como autora independente, não tenho o apoio de uma editora ou de uma equipa de publicitários. Não posso fazer publicidade da forma tradicional, mas tenho a vantagem de ter um grupo de leitores dedicados. Se gostou deste livro, ficaria agradecida se despendesse cinco minutos para escrever um comentário (tão breve quanto quiser) no Goodreads ou no seu site preferido de livros, fóruns de discussão, blogs e redes sociais.

Obrigada!

www.isabellamuir.com

SOBRE A AUTORA

Isabella Muir tem um fascínio sobre o passado e gosta de descobrir como era a vida das famílias durante as décadas entre 1930 e 1970. É autora de duas séries de policiais, ambas passadas em Sussex na icónica época entre 1960 e o início da década de 1970, bem como de novelas passadas na altura da Segunda Guerra Mundial. A pesquisa sobre os aspetos da vida familiar nas décadas passadas foi a rampa de lançamento perfeita para os seus trabalhos de ficção. Isabella redescobriu o seu amor pela escrita de ficção durante os felizes dois anos em que frequentou e terminou o Mestrado em Escrita Profissional. Desde então, já publicou sete romances, seis novelas e duas coletâneas de contos.

A primeira série dos Crimes e Mistérios em Sussex gira à volta da jovem bibliotecária e detetive amadora Janie Juke. Passado na década de 1960, na fictícia cidade à beira-mar de Tamarisk Bay, ficamos a conhecer Janie, que é responsável pela biblioteca itinerante. É uma leitora ávida de Agatha Christie, particularmente dos livros com o Hercule Poirot, e usa tudo o que aprende com a Rainha do Crime para resolver crimes e mistérios. Além de quatro romances, a série conta com seis novelas que exploram algumas histórias passadas com outros habitantes de Tamarisk Bay.

O cenário onde se desenrolam os mistérios de Janie Juke tem por base a área onde Isabella nasceu e viveu a maior parte da sua vida. Quando pensa em Tamarisk Bay, ela imagina a sua terra natal de St Leonards-on-Sea e arredores, em East Sussex.

A segunda série dos Crimes e Mistérios em Sussex, que inclui os livros, *Crossing the Line* e *After the Storm*, tem como protagonista o detetive italiano reformado Giuseppe Bianchi.

O romance *The Forgotten Children*, trata a temática emotiva das crianças que foram enviadas para a Austrália. Mais uma vez, o foco é a vida familiar da década de 1960, quando a política das crianças emigrantes ainda estava em vigor.

Isabella escreve regularmente no seu site: **www.isabellamuir.com** onde pode descarregar histórias sem custos e comprar os livros diretamente à autora.

TÍTULOS EM INGLÊS DA MESMA AUTORA

LIVROS EM PORTUGUÊS DA MESMA AUTORA
O SACO DE VIAGEM
PERDIDOS E ACHADOS

OS MISTÉRIOS DE GIUSEPPE BIANCHI
Com o detetive italiano, e reformado, Giuseppe Bianchi como
protagonista
CROSSING THE LINE *
AFTER THE STORM *

OS MISTÉRIOS DE JANIE JUKE
Com a jovem bibliotecária e detetive amadora Janie Juke como
protagonista
LIVRO 1: THE TAPESTRY BAG *

LIVRO 2: LOST PROPERTY *
LIVRO 3: THE INVISIBLE CASE *
LIVRO 4: A NOTABLE OMISSION

THE SUSSEX CRIME MYSTERIES
A triologia de Janie Juke - coletânea

NOVELAS MISTÉRIOS EM SUSSEX
Com personagens dos romances de Janie Juke
DIVIDED WE FALL
MORE THAN ASHES
WAITING FOR SUNSHINE
THE HARVEST
CHOICES
NEVER ENOUGH

THE FORGOTTEN CHILDREN *
Uma história sobre a procura de uma mãe pelo seu filho

TWELVE AT CHRISTMAS
Uma antologia com doze contos de Natal

IVORY VELLUM
Uma antologia de contos

* Também disponível em auto-livro

www.isabellamuir.com